Klassenspiel

Celia Rees lebt mit ihrem Mann und ihrer Tochter in England. Ihren Beruf als Englischlehrerin gab sie auf, als sie merkte, dass es ihr mehr Spaß machen würde, selbst zu schreiben, vor allem für Kinder, Jugendliche und junge Erwachsene.

Celia Rees

Klassenspiel

Aus dem Englischen
von Cornelia Krutz-Arnold

CARLSEN

Veröffentlicht im Carlsen Verlag
13 14 15 14 13 12

Originaltitel: »The Bailey Game«

Umschlaggestaltung: formlabor
Corporate Design Taschenbuch: bell étage
Druck und Bindung: GGP Media GmbH, Pößneck
ISBN 978-3-551-35344-3
Printed in Germany

Für Mary

Danksagung

Ich möchte den Mitgliedern von BTEC Media 2, 1992-93, am Henley College in Coventry für ihre Hilfe und Ratschläge danken; der Wohltätigkeitsorganisation KIDSCAPE und meiner Lektorin, Susan Houlden.

Erstes Kapitel

»Hast du das gesehn?«

Josie Campbells Frage riss Alex aus ihren Gedanken. Mit einem ziemlich unangenehmen Ruck kehrte sie auf den Boden der Tatsachen zurück, auf den Schulhof in der Mittagspause.

»Was denn? Was soll ich denn gesehn haben?«

Sie sprach so eindringlich, dass Josie verwundert zu ihr aufschaute.

»Was ist denn los, Alex? Du machst ein Gesicht, als wär dir ein Gespenst begegnet oder so.«

Alexandra Lewis glaubte nicht an Gespenster. Bevor sie an etwas glaubte, brauchte sie schon einen handfesten Beweis dafür. Aber einen Augenblick lang bildete sie sich ein ihn zu sehen, wie er ganz still und allein inmitten des chaotischen Getöses auf dem Schulhof stand. Michael Bailey. Er hatte seinen glänzenden blauen Parka an. Der Pelzbesatz an der Kapuze warf dunkle Schatten über sein Gesicht. Man konnte nur die hohe, weiße Stirn erkennen, in die ihm ein paar Strähnen seiner leuchtend roten Haare hingen und dort Streifen bildeten. An seiner grauen Hose haftete an beiden Knien grober Sand und seine schwarzen Schuhe erstrahlten in der hellen Aprilsonne in einem stumpfen Glanz. Dann, in der kurzen Zeitspanne, die man braucht, um zu zwinkern und die Stirn zu runzeln, war er wieder verschwunden.

Wenn Josie ihn auch gesehen hatte ...

Aber das war nicht der Fall. Sie zeigte in die entgegengesetzte Richtung und zerrte Alex jetzt am Ärmel, um ihre Aufmerksamkeit auf das zu lenken, was sie ihr zeigen wollte. »Dort drüben! Sieh doch nur! Sandi Mitchell. Sie macht Greg Simpson an!«

War das alles? Alex lehnte sich erleichtert an die Mauer.

»Na und?«, sagte sie und schaute zur Mitte des Schulhofs.

Dort stand Sandi. Sie war mitten in ein Footballspiel hineingeplatzt, hatte sich zwischen den Spielern hindurchgeschlängelt und Greg sehr viel geschickter geblockt als der gegnerische Center. Greg hielt den Ball in der Hand, ließ ihn auf der Fingerspitze kreisen und warf ihn immer mal wieder in die Luft, während er Sandi zuhörte. Weder er noch Sandi achteten auch nur im Geringsten auf die anderen Spieler, die hilflos und genervt um sie herumstanden.

»Bestimmt fragt sie ihn, ob er mit ihr gehen will!« Josies Stimme wurde vor lauter Aufregung zu einem hohen Quieken.

»Warum auch nicht?« Alex zuckte mit den Schultern. »Wir leben schließlich in einem freien Land.«

»Aber sie geht doch eigentlich mit David Morris!« Josie kicherte entzückt. »Schau ihn dir an. Dort drüben am Tor. Er hat die beiden gesehen – er wird schon ganz rot!« Sie packte Alex fest am Arm und hüpfte aufgeregt auf und ab. »Vielleicht gibt's gleich eine Schlägerei! Für dich läuft das alles jedenfalls sehr gut. Jetzt ist er frei und kann mit dir gehen, Alex. Wenn du willst, frag ich ihn.«

David Morris blieb einen Augenblick lang unentschlossen stehen, dann marschierte er davon. Im Gehen fetzte er sich die Torschützer-Handschuhe herunter und schmiss sie auf die Mäntel und Jacken, mit denen die Torpfosten markiert waren.

»Wenn du ihm auch nur ein Wort sagst«, fauchte Alex, »dann bring ich dich eigenhändig um. Ist das klar?«

Gekränkt und beleidigt runzelte Josie die Stirn.

»Ich dachte, du magst David. Ich dachte, du möchtest mit ihm gehen. Du hast doch selbst gesagt, dass du auf ihn stehst.«

»So hab ich das jedenfalls nicht gesagt«, gab Alex zurück und musste sich große Mühe geben, nicht die Beherrschung zu verlieren.

»Doch! Das hast du mir letzte Woche erzählt, als wir im Park waren. Ich weiß das noch so genau, weil ...«

Jetzt fiel Alex das Gespräch wieder ein. Sie hatte irgendetwas sagen müssen, damit Josie die Klappe hielt und nicht immer weiter auf diesem Thema herumhackte. Alex redete nicht gern auf diese Weise über Jungs, schon gar nicht über David. Ihr wurde dabei immer ganz unbehaglich zu Mute.

»Wie gesagt«, verkündete sie, verschränkte die Arme vor der Brust und funkelte ihr Gegenüber böse an. »Ein Wort – und du bist tot.«

»Okay, okay.« Josie wich vor ihr zurück. »Ich geh jetzt sowieso zu Sandi. Mal nachsehen, was sich so tut.«

Inzwischen war Sandi Mitchell zu der Clique gegangen, die auf der anderen Seite des Schulhofs beisammenstand. Sofort kamen fast alle Mädchen aus Alex' Klasse an und scharten sich um sie.

Andrea Bowman stopfte ihr Springseil in die Tasche, weil sich eine interessantere Beschäftigung bot. Jungs. Zurzeit war das offenbar das Einzige, worüber die Mädchen sprechen wollten.

Alex blieb, wo sie war. Sie hatte kein Bedürfnis, dabei mitzumachen. Urplötzlich war es unmöglich geworden, mit einem Jungen einfach nur befreundet zu sein, so wie sie es mit David war. Schon ein Lächeln in seine Richtung löste gleich Getuschel aus, dass sie mit ihm gehen wollte. Das war alles so dumm. Mit jemandem zu gehen bedeutete etwas ganz anderes, als die Mädchen in ihrer Klasse sich einbildeten. Helen, Alex' ältere Schwester, war fünfzehn und schwieg sich ziemlich darüber aus, was sie und ihre Freundinnen trieben, wenn sie mit einem Jungen gingen. Aber Alex hatte sie schwer im Verdacht, dass es dabei um mehr ging, als nur herumzuhängen und den Jungs beim Football zuzusehen oder sie dazu zu bringen, mit ihnen Spiele zu spielen, bei denen geküsst wurde.

Sie wandte den Blick von Sandi und ihrem Fanklub ab und schaute wieder zu der Stelle hin, an der sie diese eine, seltsame Sekunde lang geglaubt hatte Michael Bailey zu sehen. War es ein Gespenst gewesen? Nein. Das konnte sie nicht akzeptieren. Vielleicht gab es auch noch eine andere Erklärung dafür. Es *musste* eine andere Erklärung geben.

Jede x-beliebige Idee konnte einem plötzlich in den Sinn kommen. Warum dann nicht auch ein Mensch?

Vielleicht waren Gespenster genau das. Vorstellungen von Menschen, die einem durch den Kopf schossen und ohne jeden Grund auftauchten und wieder verschwanden. Das musste es sein. Das machte Sinn.

Alex schüttelte den Kopf und grinste vor sich hin. Ihre Fantasie hatte ihr einen Augenblick lang einen ganz schönen Streich gespielt.

Sie stemmte einen Fuß gegen die Mauer und verschränkte die Arme vor der Brust. Vor ihr liefen Schülerinnen und Schüler hin und her. Für die meisten von ihnen war Michael Bailey ein Gespenst, und zwar ein echtes. Es war für sie genauso real wie die Ziegelsteine der Mauer oder Alex selbst. Sie wussten alles von ihm. Was er aß, was er machte. Sie konnten einem sogar zeigen, wo er wohnte.

Er hauste in der Werkstatt des Hausmeisters. Alex konnte den obersten Teil der schmutzigen, verschmierten Fensterscheiben sehen. Sie lugten wie ein trübes Augenpaar über die Mauer zu ihr hin. Das Tor war an einer Ecke völlig vermodert. Der Farbanstrich war abgeblättert und das rohe Holz ragte wie ein fauliger brauner Zahn hervor. Das Ganze sah aus wie ein riesiges Rattenloch.

Durch dieses Loch geht Bailey ein und aus, flüsterte man sich gegenseitig zu. Er kommt nur nach Einbruch der Dunkelheit hervor, aber bei Vollmond kommt er immer. Dann sucht er nach Nahrung, und wenn er ein Lebewesen findet, saugt er ihm das ganze Blut aus. Sonst hält er Ausschau nach Essensresten. Er trinkt die schalen Überreste aus Getränkedosen und ernährt sich von Brotkrusten, zermatschten Keksen und Kartoffelchips aus halb geleerten Tüten.

Das waren die Geschichten, die über Bailey kursierten. Nur die Kühnsten wagten sich nahe an die Werkstatt heran und nur die Allertapfersten der Kühnsten reckten sich zitternd auf die Zehenspitzen und riskierten einen Blick hinein.

Außer kaputten Stühlen und Tischen, die der Hausmeister reparieren sollte, befand sich nichts in der Werkstatt. Das wusste Alex ganz genau. Die Geschichten waren einfach nur Quatsch, aber sie machten dennoch die Runde und gingen immer weiter. Wenn etwas verschwand, wenn sich irgendwas nicht wiederfinden ließ, hatte Bailey es genommen. Die Kleinen aus den ersten Klassen waren sogar dazu übergegangen, ihm Essen hinzulegen. Das machten sie am Fahrradschuppen, näher wagten sie sich nicht an die Werkstatt heran. Sie hofften, dass ihre Gaben ihn davon abhalten würden, hervorzukommen und nach anderer Nahrung zu suchen.

Die älteren Schülerinnen und Schüler sagten, dass sie das alles nicht glaubten. Aber sie kamen außerhalb der Schulzeit niemals hierher, um auf dem Schulhof Football zu spielen oder ein bisschen herumzutoben. Selbst an Elternabenden lag der Schulhof verlassen da, sobald die Dunkelheit sich herabsenkte. Es rankten sich auch noch andere Geschichten um Bailey. Darüber, was mit ihm geschehen war. Manche der Geschichten waren eher komisch, wenn auch auf eine ziemlich widerwärtige

Art. Aber die meisten waren so grausig wie eine Horrorgeschichte. Wenn die anderen darüber sprachen, ging Alex weg, weil das alles nur blöd war. Völlig lächerlich. Von denen, die diese Geschichten erzählten, war die Hälfte noch gar nicht an der Schule gewesen, als es passierte. Sie konnten nicht mal wissen, ob er tot war. Jedenfalls wussten sie's nicht mit Sicherheit.

Trotz der warmen Frühlingssonne, in der schon die Verheißung auf den Sommer lag, durchlief Alex ein Schauder. Fröstelnd ging sie zu einer Bank, die in der Nähe stand. Sie wollte nicht mehr an Bailey denken. Stattdessen lenkte sie ihre Aufmerksamkeit auf Sandi Mitchell.

Sandi spielte an ihrer schicken rosa Sonnenbrille mit den großen Punkten herum und lächelte den Mädchen zu, die sich kichernd und kreischend um sie drängten. Alle waren begierig darauf, von ihrer neuesten Eroberung zu hören, wollten unbedingt alles wissen, bis hin zum kleinsten Detail. Sandi übergab Andrea ihre Sonnenbrille und rückte sich die Spangen in ihren langen, blonden Haaren zurecht, bereitete sich darauf vor, zu ihrem zweiten Lieblingsthema überzugehen – sie selbst und wie attraktiv sie doch war.

Ich bin die eingebildetste Pute im gesamten Universum, sprach Alex tonlos vor sich hin und setzte dazu Sandis selbstgefälliges Lächeln auf. Was hab ich für ein Glück, dass ich diese hellen Haare habe und trotzdem so leicht braun werde. Sie begann Sandi nachzuahmen, warf den Kopf und ließ ihre dicke Mähne fliegen, die bei ihr allerdings aus wirren, zerzausten braunen Locken bestand. Wie Sandi strich sie sich glättend über das T-Shirt und zog die Shorts hoch, um mehr Sonne abzubekommen. Als sie ein leises Lachen hörte, brach sie mitten in der Bewegung ab.

Am anderen Ende der Bank saß Lauren Price und sah sie an. In ihren grauen Augen lag ein spöttisches Lachen. Alex hatte es noch nie erlebt, dass sie auch nur gelächelt hatte. Normalerweise schaute Lauren unter ihren langen, schwarzen Ponyfransen und den dicken, mürrisch gerunzelten Augenbrauen mit finsterem Blick auf die Welt. Ein T-Shirt in Übergröße, auf dem mit Leuchtbuchstaben irgendein Surfer-Spruch stand, bauschte sich über ausgeblichene Jeans, die an den Knien zerrissen waren. Sie hatte die dünnen, braunen Arme fest vor der Brust verschränkt. Ihre langen, schmalen Finger verschwanden in den riesigen Ärmeln, die ihr bis über die Ellbogen hingen.

Lauren war neu in der Schule. Ihre Eltern waren erst vor kurzem aus Australien hierhergezogen. Das hatte zuerst eine richtige Sensation hervorgerufen, aber das Interesse legte sich schnell, als bekannt wurde, dass Lauren niemals auch nur in der Nähe der Ramsey Street gewohnt hatte, die sie aus der Fernsehserie *Nachbarn* kannten.

Die Mitschüler waren angewiesen worden nett zu ihr zu sein. Und das waren sie natürlich auch – solange ein Lehrer in der Nähe war. Auf dem Schulhof sah das allerdings ganz anders aus. Alle ignorierten sie. Wenn man neu war, konnte es Wochen oder sogar Monate dauern, bis man von den anderen akzeptiert wurde. Bei manchen geschah das nie.

Alex erwiderte das Lächeln eine Sekunde zu spät und das Lachen in Laurens Augen erlosch. Sie ballte die Hände zu Fäusten, bohrte sie tief in die Taschen und streckte ihre langen Beine weit aus. Ein kleiner Junge, der mit einer Glocke über den Schulhof lief und zum Ende der Mittagspause läutete, musste einen Schwenk zur Seite machen, um nicht darüber zu stolpern.

Als Alex aufstand und gehen wollte, schaute sie noch einmal kurz zu Lauren hinüber, aber die hatte den Blick jetzt abgewandt und sah betont in die entgegengesetzte Richtung.

Die Horden aus lärmenden, schubsenden Schülern verliefen sich zu Zweiergrüppchen und dann zu Einzelpersonen, aber Lauren blieb, wo sie war. Es widerstrebte ihr, in die Klasse zurückzumüssen. Sie zögerte es bis zur letzten Minute hinaus, sich wieder unter die anderen zu mischen. Wenn sie mit ihnen in einer Reihe stand und alle anderen munter plauderten, fühlte sie sich noch einsamer als sonst. Weil niemand mit ihr sprach, fühlte sie sich noch weniger akzeptiert.

Mrs Bridges, die stellvertretende Schulleiterin, wartete ungeduldig darauf, dass die Klasse sich vollständig versammelte. Sie trommelte mit dem Kugelschreiber auf der Anwesenheitsliste herum und beklagte sich bei Ms Quaid, der Aushilfslehrerin, über diese Klasse.

Ms Quaid sah gar nicht wie eine Lehrerin aus, sondern eher wie eine Schülerin. Sie war jung, hatte in ihren kurz geschnittenen roten Haaren einen langen, dünnen Zopf und trug Miniröcke und Doc Martens. Roter Lippenstift und große Ohrringe hoben sie ebenfalls von den anderen

Lehrerinnen ab und sie lächelte viel im Unterricht, lachte manchmal sogar laut heraus. Ganz anders als Mrs Dunbar, ihre richtige Lehrerin, die im Mutterschaftsurlaub war.

Jetzt lachte Ms Quaid allerdings nicht. Das konnte Alex schon von weitem sehen. Sie hörte mit ernstem Gesicht zu, als Mrs Bridges ihr erzählte, was für eine furchtbare Klasse sie doch wären. Während sie sprach, reckte die stellvertretende Direktorin ihre lange, dünne Nase in die Luft und stupste einzelne Schüler in ihrer Reichweite mit der Spitze ihres Kugelschreibers an.

»... kaum zu glauben, dass das einmal die leistungsstärkste Klasse war«, sagte sie in dem Augenblick, als Alex hereinkam. »Schauen Sie sich die Typen doch nur an! Eine Schande für die ganze Schule. Man kann ihnen nicht über den Weg trauen. Dieser Bande weine ich keine Träne nach, da können Sie Gift drauf nehmen ...«

Josie blieb bei Sandi und ihren Freundinnen. Als Alex in die Reihe trat, wandte Josie ihr den Rücken zu und unternahm keinen Versuch, sich zu ihr zu stellen.

Alex zuckte resigniert mit den Schultern. Josie war ja auch eigentlich keine richtige Freundin. Sie konnte sie noch nicht mal so besonders gut leiden. Josie war einfach da gewesen, als Lisa an Ostern weggezogen war. Viele Jahre lang, ihre ganze Schulzeit hindurch, waren Lisa und Alex beste Freundinnen gewesen. Sie hatten nicht daran geglaubt, dass Lisa wirklich wegziehen würde. Ihre Familie hatte schon eine ganze Ewigkeit davon geredet. Die Freundinnen waren felsenfest überzeugt gewesen, dass Lisas Eltern das Haus nicht verkaufen konnten, und selbst wenn, würden sie kein neues finden. Ihre Mutter würde nicht wegwollen oder ihr Vater würde seinen neuen Arbeitsplatz hassen und sie würden alles wieder abblasen.

Aber das war nicht eingetroffen. Schließlich war der Umzugstag gekommen. Das Letzte, was Alex von Lisa sah, war ihr tränenüberströmtes Gesicht, das durch eine Lücke zwischen einer zusammengeknüllten Decke und einer Packung Pampers zu ihr herauslugte. Dann fuhr der Wagen davon. Alex blieb allein zurück und winkte einer leeren Straße. Wie konnten sie so wie bisher Freundinnen bleiben, wenn Lisa jetzt in Newcastle war, Hunderte von Meilen entfernt?

Die Türen gingen auf und die Klasse Sieben Q drängte vorwärts. Alex ging neben Lauren Price hinein, aber obwohl sie von Lärm umgeben waren und geschubst und gestoßen wurden, achteten sie sorgfältig darauf, dass zwischen ihnen immer Abstand blieb, und keine von ihnen sagte etwas.

Zweites Kapitel

»Alexandra Lewis.«

»Hier, Ms Quaid.« Alex leierte ihre Meldung bei der Anwesenheitskontrolle nach der Mittagspause genauso eintönig herunter, wie das alle machten.

»Sandra Mitchell.«

Nichts. Stille senkte sich herab. Ms Quaid wiederholte den Namen und schaute auf.

Unterdrücktes Gekicher schlug ihr entgegen.

»Sandra Mitchell, würdest du dich bitte melden, wenn du aufgerufen wirst?«

Immer noch keine Reaktion. Ms Quaid schaute wieder hoch und das Kichern wurde lauter.

»Sandra, gib gefälligst Antwort. Du bist eindeutig hier. Ich sehe genau zu dir hin.«

Sandi betrachtete eingehend ihre Fingernägel und warf einen Blick in die Runde ihrer Freunde.

»Ich hab Ihnen doch gesagt, dass ich nicht so heiße, Miss Quaid. Also melde ich mich auch nicht auf diesen Namen hin. Ich heiße jetzt Sandi. Sandi mit i. Das soll in den Unterlagen geändert werden. Ich lass nämlich eine urkundliche Namensänderung vornehmen.«

Ms Quaid seufzte tief auf und wandte den Blick himmelwärts. Als sie ihren Stift zückte, ergriff Sandi wieder das Wort.

»Wenn Sie schon dabei sind, können Sie auch gleich meinen zweiten Vornamen zu Yolande abändern.«

Das Kichern zog immer weitere Kreise. Sandi strahlte, als sie den Beifall der anderen spürte. »Sandi Yolande Mitchell«, verkündete sie. »So heiße ich.«

»Das ist ein amtliches Dokument, Sandra. In dem kann ich nicht herumpfuschen. Sandra Brenda Joyce Mitchell«, las Ms Quaid vor. »Das bist du und das bleibst du.«

Quer durch die Klasse wurden johlend die Namen gerufen, von denen bisher niemand gewusst hatte. Sandi wurde rot. Sie machte ein finsteres Gesicht und wandte sich wütend um, als ringsum Gelächter aufkam.

Ms Quaid grinste ihr zu, reckte triumphierend den Daumen hoch und ging dann weiter die Anwesenheitsliste durch.

Sandis böse Blicke erstickten den größten Teil des Gelächters, aber es ging immer noch eine Woge der Heiterkeit durch die Klasse und hin und wieder murmelte jemand die Namen vor sich hin, auch als Ms Quaid bereits mit dem Unterricht begann.

»Was lachst du denn so blöd?«

Sandis Ausbruch hätte gegen jeden x-beliebigen Schüler der Klasse gerichtet sein können, aber sie schaute Lauren Price dabei an.

»Über deine Namen, ist doch klar.«

Die Antwort, mit australischem Akzent gesprochen, kam wie aus der Pistole geschossen quer durch die Klasse zurück. Lauren legte eine kurze Pause ein, als müsste sie erst noch nachdenken, und sagte dann: »Brenda Joyce – das passt zu dir.«

Die Klasse brach wieder in Gelächter aus und Sandi fuhr von ihrem Platz hoch.

»Schau dir doch deinen eigenen Namen an!«, schrie sie. »Der ist echt bescheuert. Du hast einen Namen, den noch kein Mensch jemals gehört hat.«

»Ich schon«, stellte Ms Quaid gelassen fest. »Lauren Bacall, stimmt's?«

Lauren nickte und errötete leicht.

»So«, fuhr Ms Quaid fort. »Du setzt dich jetzt wieder, Sandi, und bist still. Was ist denn los mit dir? Verstehst du keinen Spaß?«

Nein, diesen Spaß verstand Sandi offensichtlich nicht.

Den ganzen Nachmittag hindurch, während die Klasse an verschiedenen Aufgaben für ihr Naturschutz-Projekt arbeitete, kochte Sandi vor Wut. Alex konnte spüren, wie die Atmosphäre im Raum umschlug. Es lag eine Spannung in der Luft, eine kribbelnde Erregung. Die Klasse wurde wie eine Batterie mit einer ganz besonderen Energie aufgeladen.

Alex schaute sich um. Greg Simpson saß jetzt bei Sandi. Ms Quaid hatte ihm erlaubt den Nachmittag über an ihrem Tisch zu bleiben. Sie ließ sich nicht so leicht auf der Nase herumtanzen wie Mrs Dunbar, aber solange Greg nicht etwas wirklich Schlimmes anstellte, legte sie sich nicht mit ihm an. Jetzt war er still. Greg und Sandi steckten die Köpfe zusammen und es sah ganz so aus, als wären sie fleißig bei der Arbeit.

Damit können sie Ms Quaid täuschen, dachte Alex, aber ich fall nicht darauf rein. Die Art, wie sie ständig kicherten und die Köpfe hoben, sich umsahen und dann wieder nach unten abtauchten, verhieß nichts Gutes. Sie heckten irgendetwas aus.

Alex konnte Greg nicht leiden. Sie glaubte nicht, dass sie Angst vor ihm hatte, aber sie vermied es, die Probe aufs Exempel zu machen, und sorgte lieber dafür, möglichst wenig mit ihm zu tun zu haben. Er hatte eine Gang, die Bridge Boys. Sie hielten sich für harte Burschen, aber sie waren nicht so hart wie die ursprünglichen Bridge Boys, die Del, Gregs älterer Bruder, angeführt hatte. Und auch Greg war nicht so schlimm wie Del, jedenfalls jetzt noch nicht, aber er arbeitete daran.

Er gehörte zu den Größten in der Klasse, war breit gebaut und setzte diesen Vorteil, ohne zu zögern, ein, um die anderen einzuschüchtern und sie in Angst und Schrecken zu versetzen. Zurzeit trug er die Haare lang, mit einem Scheitel so hoch oben auf dem Kopf, dass es schon fast ein Mittelscheitel war. Immer wieder schleuderte er sich mit einer ruckartigen Bewegung die Haare aus dem Gesicht und führte damit vor, wie seidig sie glänzten. Er trug einen Ring im Ohr und war auf seine Weise genauso eitel wie Sandi. Seine Augen und das schmallippige Grinsen erinnerten Alex irgendwie an einen Schäferhund, aber das behielt sie vorsichtshalber für sich.

Im Augenblick unterhielt er sich lebhaft mit Andrea Bowman, zeigte mit dem Finger und fuchtelte herum. Offenbar gab er ihr irgendwelche Anweisungen. Andrea nickte gehorsam und hörte ihm so konzentriert zu, dass Alex die beiden unbemerkt beobachten konnte.

Andrea war die beste Freundin von Sandi, machte Sandi alles nach und hatte sogar ihren Namen zu Andi mit i abgekürzt, was bis jetzt aber noch niemand beachtet hatte. Sie trug auch die gleichen Klamotten, aber an ihr sahen sie nach nichts aus und ihre Haare waren mit den Spangen à la Sandi nicht zu bändigen.

Eine große Brille mit blauer Fassung ließ Andreas Gesicht zwergenhaft klein wirken und ihre Zähne sahen aus, als hätte sie mehr davon als andere Leute. Wenn sie Greg Simpson anlächelte, war die Zahnspange zu sehen, die sie vor kurzem bekommen hatte und die an jedem einzelnen Zahn wie ihr persönliches Markenzeichen funkelte. Sie vergötterte Sandi, aber Alex hatte den Verdacht, dass Andreas Zuneigung nicht wirklich erwidert wurde und sie nur eine Art Zubehör darstellte, durch das Sandi umso besser aussah.

Als Andrea aufstand, widmete sich Alex schleunigst wieder ihrer eigenen Arbeit, damit niemand bemerkte, dass sie zu ihnen hinsah. Sie kritzelte auf ihrem Tisch herum und versuchte sich etwas einfallen zu lassen, wie sich ihr Referat über den Klassenausflug zu einer Kunststoff-Recycling-Firma etwas interessanter gestalten ließ, aber sie konnte sich einfach nicht konzentrieren. In der Klasse herrschte eine Atmosphäre, die sie an irgendetwas erinnerte.

Dann fiel ihr ein, was das war. Sie packte ihren Kugelschreiber so fest, dass die Spitze sich in die abgenutzte Tischplatte bohrte und quer durch die übrigen Graffiti eine gezackte blaue Kerbe zog. Eine Zeit lang starrte Alex immer nur die Narbe an, die sie in die Tischplatte geritzt hatte, und wagte nicht aufzuschauen. Sie hatte viel zu große Angst, er könnte wieder hier sein, so wie vorhin auf dem Schulhof, und diesmal würden ihre Blicke sich womöglich kreuzen, so dass sie in die traurigen, schieferblauen Augen von Michael Bailey sah. Das wäre dann so, als hätte man sie alle in die Klasse von Mrs Harris zurückversetzt, wo sie immer noch das Spiel spielten und sich alles Mögliche ausdachten, um Michael Bailey fertigzumachen.

Als der Nachmittag sich seinem Ende zuneigte, stieß Sandi mit einem Mal einen lauten, empörten Schrei aus, der in der Klasse alles verstummen ließ.

»Miss! Miss! Meine Sonnenbrille! Die ist weg! Sie ist verschwunden!«

Ms Quaid hatte sich gerade über einen Schüler gebeugt, um ihm bei seiner Arbeit zu helfen. Jetzt richtete sie sich aus ihrer gebückten Haltung auf.

»Was hast du, Sandi? Was ist los?«

Sandi sprudelte eine ausführliche Darstellung hervor, die so lang wie ein Polizeibericht wurde und genauso ins Detail ging. Schließlich hob Ms Quaid die Hände, schnitt Sandi das Wort ab und sah sich mit gerunzelter Stirn um. Eine gründliche Suche würde viel Zeit in Anspruch nehmen und die Stunde war gleich zu Ende. In aller Eile fällte sie eine Entscheidung. Das fiel ihr auch nicht weiter schwer. In der Klasse herrschte ein heilloses Durcheinander und nach Sandis Auftritt bei der Anwesenheitskontrolle war Ms Quaid ohnehin nicht so gut auf sie zu sprechen.

»Die Sonnenbrille taucht bestimmt wieder auf, Sandi«, sagte sie und schlug einen energischen Tonfall an. »Beim Aufräumen schauen alle noch mal gut nach, ja? Habt ihr gehört, Leute? Haltet Ausschau nach Sandis Sonnenbrille. Jetzt wird's Zeit, wieder Ordnung zu schaffen.«

»Aber, Miss ...«, protestierte Sandi – mit dieser Reaktion hatte sie nicht gerechnet. »Vielleicht hat jemand die Sonnenbrille genommen und sie irgendwo versteckt. Ich finde, Sie sollten ...«

»Was sollte ich, Sandi?« Die Stimme von Ms Quaid bekam einen scharfen Unterton. »Willst du mir vorschreiben, wie ich meine Arbeit zu machen habe?«

»Nein, Miss. Aber vielleicht hat jemand die Sonnenbrille geklaut ...«

»Willst du jemanden beschuldigen?«

Sandi sah zu Andrea und Greg hinüber. Andrea nickte ihr zu, forderte sie zum Weitermachen auf, aber Greg reagierte mit einem leichten Kopfschütteln.

»Nein, nicht direkt. Aber Mrs Dunbar hat uns immer ...«

Sie hat uns in einem solchen Fall stundenlang nachsitzen lassen und praktisch an allen eine Leibesvisitation vorgenommen, dachte Alex.

»Es ist dir vielleicht entgangen, Sandra« – Ms Quaids Tonfall war jetzt eiskalt geworden –, »aber ich bin nicht Mrs Dunbar. Euch wurde oft genug gesagt, dass ihr keine teuren Gegenstände in die Schule mitbringen sollt. Wenn du etwas verlegt hast, ist das dein Problem.«

Sie wandte sich von dem Trio ab und erstickte damit jede weitere Diskussion im Keim. Alex sah die drei an. Sie schmollten jetzt ganz offensichtlich und musterten die junge Lehrerin mit Unheil verkündenden Blicken. Irgendwie, ohne es selbst zu merken, musste Ms Quaid ihre Pläne durchkreuzt haben.

Die drei beteiligten sich nicht am Aufräumen, und sobald es klingelte, schossen sie zur Tür hinaus und schimpften dabei wütend vor sich hin.

Drittes Kapitel

Alex war länger geblieben, hatte noch beim Aufräumen geholfen und war jetzt spät dran. In Windeseile stürzte sie aus dem Garderobenraum. Allein wollte sie sich hier keine Sekunde länger aufhalten, als unbedingt nötig war. Dieser Raum mit den vergessenen Mänteln, den hin und her schaukelnden Turnbeuteln, dem entfernten Tröpfeln und dem Geruch, der von der Jungentoilette hereindrang, erinnerte sie zu sehr an Michael Bailey.

Im wirklichen Leben hatte sie ihn zuletzt vor zwei Jahren gesehen. Damals war er zum letzten Mal in die Schule gekommen. Es war kalt gewesen. Sehr kalt für die Jahreszeit. Mrs Harris, die damals ihre Klassenlehrerin gewesen war, hatte die Heizung hochgedreht und einen Scherz darüber gemacht, dass der Frühling wohl gar nicht mehr käme. Einige in der Klasse waren ganz aufgeregt geworden, als sie an jenem eisigen Nachmittag in die Graupelschauer hinausschauten. Sie dachten, dass es vielleicht schneien würde.

Am Tag darauf, dem Tag, nachdem es passiert war, hatte sich die Stille bei der Schulversammlung immer weiter ausgedehnt, so lange, bis alle wussten: Auch der Direktor wusste nicht, was er sagen oder tun sollte. Es war noch der alte Schulleiter gewesen, Mr Jenkins. Er hatte sich die grauen Haare zurückgestrichen – die wenigen dünnen Strähnen, die er noch hatte – und sich mehrmals geräuspert, bevor er anfing. Und dann hatte er zu Alex' großer Verwunderung von einem dummen Streich gesprochen. Ein Dummerjungenstreich, der sehr leicht in einen tragischen Unfall hätte ausarten können. So hatte er das bezeichnet.

Alex hatte zwischen ihren Knien auf den von zahllosen Rissen und Kerben durchzogenen Holzboden hinuntergestarrt. Sie konnte den Direktor nicht ansehen. »Dummerjungenstreich« und Michael Bailey passten einfach nicht zusammen. Wusste er das denn nicht? Wie konnte es sich um einen Unfall gehandelt haben? Alle, die vor ihm saßen, wussten ganz genau, dass es der letzte Teil eines Spiels gewesen war. Das Bailey-Spiel.

Sie hatte kaum noch zugehört, als er weitersprach und ihnen versicherte, dass sie nichts dafür konnten, dass es nicht ihre Schuld war und sie sich keine Vorwürfe machen sollten.

Sonst hatte niemand etwas unternommen. Die Angelegenheit war damit beendet gewesen. Im Jahr darauf ging Mr Jenkins in den Ruhestand, und soviel Alex wusste, hatte er nie wieder davon gesprochen.

Alex beeilte sich, um die letzten Grüppchen einzuholen, die aus der Schule kamen. Mit einem Mal wollte sie mit anderen Menschen zusammen sein und sich auf offener Straße aufhalten, weit weg von verborgenen Winkeln und dunklen Ecken, hinter den provisorischen Klassenzimmern, an der Rückwand der Schuppen. Das waren Orte, die man aufsuchen konnte, wenn man wollte. Wenn einen niemand sehen sollte, wenn man private Abgeschiedenheit suchte. Darauf war es beim Bailey-Spiel angekommen – auf Abgeschiedenheit und Geheimhaltung.

Sie ging zur Fußgängerbrücke, die sich über die Umgehungsstraße erstreckte, und schaute zu, wie die letzten Gruppen und einzelne Nachzügler sie überquerten. Hier führte ihr kürzester Heimweg entlang, aber an diesem Abend schlug sie einen anderen Weg ein. Das war ein Riesenumweg und sie würde doppelt so lange brauchen, aber sie konnte sich einfach nicht dazu überwinden, über die Brücke zu gehen.

Mit großer Sorgfalt achtete sie darauf, jeden Baum zu berühren und auf keine Ritze im Pflaster zu treten. Sie zählte die Laternenpfähle und sagte die Farben der vorbeifahrenden Autos auf. Das hatte sie früher immer gemacht, als Helen sechs war und sie drei. Ihr war jedes Mittel recht, um nicht an Michael Bailey denken zu müssen.

Aber es funktionierte nicht. Er schlich sich immer wieder in ihre Gedanken ein.

Was hatte er nur an sich gehabt, dass er so verhasst gewesen war? Hatte er sich von den anderen wirklich so sehr unterschieden? Damals hatte er auf sie wie ein Ungetüm, ein Monster gewirkt. Aber wenn sie jetzt zurückdachte, war er – ganz normal. Er war ein bisschen ein Eigenbrötler, aber ihm war auch nichts anderes übriggeblieben. Es stand keineswegs fest, dass er von Natur aus so war. Er brachte nirgends herausragende Leistungen, war aber auch nirgends besonders schlecht. Vielleicht lag es an seinem Namen oder seinem rundlichen Körperbau, an den roten Haaren, der hohen Stirn, an seiner Kleidung oder daran, dass er sich seine Schultasche quer über die Brust hängte. Vielleicht war es tatsächlich nur so etwas ganz Banales, aber irgendwie hatten sie ihn alle gemeinsam zur Zielscheibe ihrer Witze gemacht. Und was mit Spott und Hohn begonnen hatte, endete in blankem Hass.

Alex betrat die neue Siedlung, in der sie wohnte. Die Straße schlängelte sich zwischen den Häusern hindurch. Jedes Haus stand für sich allein auf einem eigenen Grundstück und alle Gebäude waren kreuz und quer durcheinandergewürfelt, damit es so aussah, als wären sie ganz verschieden. Die Wohnfläche war ziemlich groß, aber von außen wirkten die Häuser klein und malerisch. Das Ganze sah eher nach einem Spielzeugdorf aus als nach einer modernen Wohnsiedlung.

Das Haus, in dem sie zuvor gewohnt hatten, war Alex lieber gewesen, obwohl sie dort keinen richtigen Garten gehabt hatten und es so klein gewesen war, dass sie sich dauernd gegenseitig auf die Füße traten. Aber außer ihr sah das niemand so, und als sie umzogen, war sie nicht gefragt worden.

Sie lief den Weg neben dem zierlichen kleinen Rasenstück entlang. Am Haus angekommen lugte sie erst durch die Glastür, bevor sie den Schlüssel ins Schloss steckte. Helen war zu Hause. Ihre Sachen lagen im ganzen Flur verstreut. Das war das einzig Gute an dem Haus: Sie hatten jede ein eigenes Zimmer. Alex war ordentlich und hatte es gern, wenn alles auf seinem Platz lag. Helen war so unordentlich, dass ihre Schlamperei schon nicht mehr normal war. Alex stieß mit der Tür gegen Helens Schultasche und quetschte sich durch den Spalt.

Aus der Küche erklang die Stimme ihrer Mutter. »Alex? Bist du's?«

»Nein, es ist ein wahnsinniger Axtmörder, der euch beide umbringen will«, brummte Alex vor sich hin, rief dann aber: »Ja, ich bin's.«

»Magst du auch einen Tee?«, rief ihre Mutter zurück. »Wir sind in der Küche.«

Alex hob Helens Jacke vom Fußboden auf und dann auch noch ihren Pullover. Helen entledigte sich ihrer Kleidungsstücke etwa so, wie manche Tiere sich häuten. Alles blieb dort liegen, wo sie es gerade abgestreift hatte.

Während Alex die Sachen säuberlich übers Treppengeländer hängte, lauschte sie einen Augenblick in Richtung Küche. Helens unablässiger Redestrom wurde durch ein gelegentliches »Mhm« oder »Wie schön, mein Schatz« von Mum untermalt. Alex beschloss, nicht zu ihnen zu gehen. Sie war bei solchen Einladungen schon zu oft reingefallen. Mum fragte sie, wie es in der Schule gewesen war, und sobald Alex zu einer Antwort ansetzte, fiel Helen ihr ins Wort und danach wurde sie von ihrer Mutter und Schwester vollständig ignoriert.

»Ich geh rauf in mein Zimmer, Mum«, rief sie unten an der Treppe. »Ich muss noch Hausaufgaben machen.«

»In Ordnung.« Die Stimme ihrer Mutter hallte hinter ihr die Treppe hoch. »Ich ruf dich, wenn das Abendessen fertig ist.«

Alex setzte sich an ihren Schreibtisch und holte ihren Bericht über die Kunststoff-Recycling-Firma hervor. Die Kritzeleien am Rand lösten wieder Erinnerungen in ihr aus und jetzt, in der sicheren Geborgenheit, die ihr tadellos aufgeräumtes Zimmer ihr verlieh, sträubte sie sich nicht mehr dagegen.

Jack, der getigerte junge Kater der Familie, sprang ihr auf den Schoß und stupste schnurrend gegen ihre Hand. Sie kraulte ihm zerstreut die Ohren und er stieß mit seinem runden Schädel energischer zu, forderte mehr Aufmerksamkeit.

»Runter mit dir, Jack«, sagte Alex und schubste ihn grob von ihren Knien.

Er landete ungeschickt auf dem Boden und schaute gekränkt und verwirrt zu ihr hoch, aber sie achtete nicht darauf. Schließlich marschierte er auf steifen, kleinen Beinen davon und schwenkte dabei seinen dünnen Schwanz, um zu zeigen, wie sehr ihn diese ungewohnte Behandlung beleidigt hatte. Aber seine deutlich zur Schau getragene Missbilligung drang nicht zu Alex durch. Sie war weit weg. Im Geiste war sie an einen anderen Ort zurückgekehrt, in eine andere Zeit. Diese Zeit lag zwei Jahre zurück. Es war ein kalter Märzmorgen und Alex stand fröstelnd im eisigen Wind vor dem provisorischen Raum der fünften Klasse und wartete darauf, dass sie hineingingen.

Viertes Kapitel

»Da kommt er! Da kommt er!«

Sandra Mitchell stieß Alex Lewis aufgeregt in die Seite. Sie hielten Ausschau, ob Mrs Harris sich blickenließ, und warteten auf Michael Bailey. Er sah sie nicht an, als er sich ihnen näherte, und starrte immer nur auf den Asphaltboden.

»Puh, was stinkt denn da?«, sagte Sandra laut und rümpfte angewidert die Nase. Dann flüsterte sie Alex zu: »Jetzt du! Fang an!«

»Hey, Bailey!«, rief Alex. Als er sie immer noch nicht ansah, machte sie weiter. »Wo hast du denn diese Klamotten her? Vom Roten Kreuz oder aus der Kleiderspende?«

»Nein«, fiel Josie ihr ins Wort. »Sie stammen aus der Lumpensammlung seiner Mutter. Stimmt doch, Bailey, oder?«

Sandra griff dieses Ratespielchen auf. »Nein, dort kommen sie nicht her«, sagte sie. »Er hat sie irgendeinem Penner von der Wäscheleine geklaut.«

»Super, dein Mantel.« Alex Lewis heuchelte Bewunderung, als Bailey in einem weiten Bogen an ihr vorbeiging. »Sag mir doch mal, wo du ihn herhast. Ich will auch so einen.«

Das schallende Gelächter der drei Mädchen folgte ihm bis in die Klasse und dort begleitete ihn der übliche Chor aus Zurufen und gehässigen Bemerkungen auf dem Weg zu seinem Platz. Einige Leute wedelten sich mit der Hand vor der Nase herum, wenn er an ihnen vorbeiging, und taten so, als wäre plötzlich ein übler Geruch hereingeweht.

Es gab ein Spottlied über ihn. Im Geiste konnte er es hören.

Bailey ist dreckig,
Bailey ist speckig.

Hat 'ne Meise,
stinkt nach ...

Und das war nur der Anfang. Danach wurde es immer schlimmer und steigerte sich von Vers zu Vers. In manchen Strophen wurde über seine Familie hergezogen und manche verstand er gar nicht richtig, aber alle waren beleidigend. Alle miteinander. Ab und zu veranstalteten die anderen in der Klasse einen Wettstreit und überboten sich darin, den ekelhaftesten Reim zu schmieden. Mit den unanständigsten Ausdrücken, die man sonst nie in den Mund nehmen würde.

An diesem Tag sang niemand dieses Lied, aber dennoch wurde er es niemals los. Er hörte es sogar noch nachts im Traum.

Michael saß allein an einem Pult vorn in der Ecke. Bevor er sich setzte, stellte er seine Tasche auf dem Boden ab und unterzog den Stuhl einer gründlichen Musterung. Dann klappte er den Pultdeckel hoch, ganz vorsichtig, jederzeit auf böse Überraschungen gefasst, und lugte in das Fach hinein. Als er den Deckel wieder schloss, war seinem Gesicht nicht anzusehen, was für unaussprechliche Widerlichkeiten man ihm dort hineingelegt hatte, aber das kehlige, wiehernde Lachen der Jungen hinten in der Klasse war ein deutlicher Hinweis.

»Was ist dort drin? Was ist dort drin?«, fragte Sandra.

David Morris tuschelte ihr etwas zu und auf ihrem Gesicht spiegelten sich Abscheu und Entzücken.

»Wer war's?«, fragte sie und riss dabei bewundernd die Augen auf.

David wies mit dem Kinn zu Greg Simpson hinüber. Und Greg verschränkte die Arme vor der Brust, schaukelte mit seinem Stuhl weit nach hinten und nahm ihren Beifall mit einem breiten Grinsen entgegen.

Sandra erzählte es Alex, die es Lisa und Josie weitererzählte, und so verbreitete sich die Nachricht in der ganzen Klasse. Michael Bailey saß unterdessen reglos da und sah an den anderen vorbei, starrte teilnahmslos aus dem Fenster. Nur die roten Flecken an seinem Hals wiesen darauf hin, dass er sich bewusst war, welche Aufmerksamkeit er bei den anderen auslöste.

Jedes Mal wenn er dachte, dass er in seinem Elend ganz unten angekommen war, rutschte er nur noch tiefer hinein. Es wurde von Tag zu Tag schlimmer.

Der dünne, kalte Regen verwandelte sich in einen Graupelschauer und die kümmerlichen Bäume vor dem Fenster sahen noch genauso aus wie im Winter. Weit und breit war nichts von Knospen zu entdecken, von Blättern ganz zu schweigen. Am Morgen war es eiskalt gewesen und seine Mutter hatte darauf bestanden, dass er den neuen Parka anzog, den sie ihm gekauft hatte. Bei der Erinnerung daran, wie sie damit nach Hause gekommen war, verzog Michael den Mund zu einem bitteren kleinen Lächeln. Sie war so stolz auf diese Neuerwerbung gewesen. Er hatte den Parka gleich anprobieren müssen und seine Mutter hatte gesagt: »So, jetzt bist du genau wie die anderen Jungen.«

Erst als Mrs Harris am Lehrerpult war und die Namen aufzurufen begann, wandte er sich wieder um und richtete den Blick auf die Klasse.

Nachdem Mrs Harris die Anwesenheit kontrolliert hatte, hüllte sie sich noch fester in ihre Strickjacke.

»Schaut euch das an«, sagte sie. »Es sieht tatsächlich so aus, als wollte es schneien. Ich glaube, der Frühling lässt sich überhaupt nicht mehr blicken.«

Bei dem Wort »schneien« stürzten alle ans Fenster, aber selbst dabei achteten sie darauf, einen großen Bogen um seinen Platz zu schlagen. Keiner kam jemals in seine Nähe. Wer ihn versehentlich streifte, verzog entsetzt das Gesicht, drehte sich um, griff sich den Erstbesten, putzte sich an ihm ab und sagte: »Gib's weiter, das ist das Bailey-Virus.«

Manchmal kamen die anderen an, berührten ihn mit voller Absicht, rannten dann kreischend davon und machten gegenseitig Jagd aufeinander. Dann gehörte das zu einem Spiel: »Bailey-Bazillen«.

»Kommt jetzt«, rief Mrs Harris die Leute vom Fenster zurück. »Wir müssen zur Schulversammlung.«

Alle stellten sich in Zweierreihen an der Tür auf – nur Bailey nicht. Er stand immer als Letzter in der Reihe und war allein.

»Mach schon, Michael«, trieb Mrs Harris ihn an. »Trödel nicht so. Sieh zu, dass du die anderen einholst, sonst kommst du zu spät.«

Sie sah ihm dabei zu, wie er in seinem gemächlichen Tempo durch den Gang lief, ein ganzes Stück hinter den anderen. Der Junge war ein Problem, aber was sollte man machen? Man konnte die anderen nicht dazu zwingen, ihn zu mögen, man konnte ihn nicht beliebt machen. Und wenn so etwas erst mal angefangen hatte, ließ es sich kaum noch aufhalten. Die Rädelsführer waren mit von der Partie. Dieser Del Simpson war einer von ihnen – ein Typ von der übelsten Sorte – und Greg, der allmählich genauso schlimm wurde. Aber wenn man eingreifen wollte, war das so, als versuchte man einen Luftballon zusammenzuquetschen. Wenn man an einer Stelle drückte, quoll an anderer Stelle nur umso mehr hervor. Das Kollegium hatte erwogen den Jungen in eine andere Klasse zu versetzen, aber sie hatte dem Direktor klargemacht, dass das nichts bringen würde. Das meiste spielte sich auf dem Schulhof ab oder außerhalb der Schule. Und man konnte ihn nicht vierundzwanzig Stunden am Tag bewachen.

Michael Bailey kam immer als Letzter in die Aula. Dafür sorgte er selbst, weil er dann ganz hinten saß und der Abstand, der rings um ihn eingehalten wurde, nicht so auffiel.

Sobald er sich setzte, rückte Alex Lewis von ihm ab. Das war nicht immer so gewesen. Michael schaute zu den Kleinen hin, die als zappelnder, unruhiger Haufen vorn in der ersten Reihe saßen. Ihre Lehrerin, Mrs McDonald, beobachtete sie mit Adleraugen. Ihre Finger waren zu Klauen gekrümmt und ihr war anzusehen, wie sehr es sie juckte, sie den Schwätzern und Zapplern in die Schulter zu schlagen.

Er dachte an die Zeit zurück, als er in ihrer Klasse gewesen war. An einem heißen Sommertag hatte sie mit ihnen einen Ausflug zur Erkundung der Natur gemacht. Sie waren alle in einer langen Schlange hinter ihr hergelaufen und Alex Lewis war seine Partnerin gewesen.

Genau wie die anderen hatten sie gelacht und sich unterhalten. Er hatte ihr den Unterschied zwischen einem Segler und einer Schwalbe erklärt und ihr an einem Haus die kleinen Nester unter der Traufe gezeigt. Sie hatten sich sogar an der Hand gehalten.

Fünftes Kapitel

»Alex, Alex!«

Helen rüttelte sie an der Schulter und holte sie mit einem Ruck in die Gegenwart zurück.

Verwirrt hob Alex den Kopf von ihrem Schreibtisch und sah sich um.

Helen grinste. »Mum sagt, du sollst jetzt runterkommen. Das Essen ist fertig. Du hast tief und fest geschlafen. Ich werd ihr sagen, dass du heute früher ins Bett musst.«

Alex setzte zu einer Erklärung an. »Ich hab nicht geschlafen …«, sagte sie.

Das Grinsen verschwand aus Helens Gesicht.

»Hey«, sagte sie. »Dreh dich mal um. Ins Licht. Hast du geheult?« Sie fasste Alex am Kinn. »Du hast wirklich geheult, stimmt's? Was ist denn los?«

»Nichts. Ich hab nicht geheult.« Alex riss sich los und fuhr sich mit dem Ärmel übers Gesicht. »Ich komm gleich runter. Jetzt zisch ab und lass mich in Ruhe.«

Helen schaute sie aus ihren graugrünen Augen an. In ihrem Blick lag eine Mischung aus Erheiterung und Besorgnis. Dann zuckte sie mit den Schultern.

»Okay, wie du willst. Aber an deiner Stelle würd ich mir das Gesicht waschen. Es ist ganz verquollen – und die Tränen haben glänzende Spuren hinterlassen. Wenn Mum das sieht, weiß sie auf Anhieb Bescheid.«

Beim Abendessen sagte Alex nicht viel, aber das schien niemandem aufzufallen. Helen redete genug für sie beide. Beim Sprechen schleuderte sie immer wieder ihre langen Haare nach hinten. Das nervte Alex ganz besonders. Wenn Helen das machte, behielt ihr glattes, lohfarbenes Haar seine Fasson. Wenn Alex es versuchte, ragten ihre kurzen Locken steil nach oben, so dass sie wie eine Ente aussah.

»Wenn ich das nächste Mal zum Friseur gehe«, erzählte Helen ihrer Mutter, »lass ich mir blonde Strähnchen reinmachen. Wie findest du das?«

»Das lässt du hübsch bleiben«, sagte ihr Vater, ohne dabei aufzusehen. »Meine Tochter läuft nicht wie ein Flittchen mit gebleichten Haaren herum. Mach ihr das klar, Janet.«

»Dad! Davon verstehst du nichts! Mach ihm das klar, Mum.«

Ihre Mutter schaute zwischen den beiden hin und her. In letzter Zeit hatte Helen dauernd Streit mit Dad. Alex konnte den ewigen Zank nicht ausstehen und es gefiel ihr nicht, dass ihre Mutter immer wieder zum Prellbock zwischen den beiden wurde. Sie beschloss nach oben zu gehen, damit sie nicht auch noch mit hineingezogen wurde.

»Ich muss noch Hausaufgaben machen.«

Ihre Mutter sah sie forschend an. »Du hast nicht sehr viel gegessen. Magst du denn keinen Nachtisch mehr?«

»Nein, danke. Ich hab keinen Hunger.«

»Dann ess ich ihre Portion«, sagte Helen und legte ihr Besteck hin.

»Du warst auch so still«, fuhr Mum fort, während Alex vom Tisch aufstand.

»Wahrscheinlich brütet sie irgendeine Krankheit aus.« Helen lud sich Apfelkuchen auf ihren Teller. »Als ich sie geholt habe, hatte sie den Kopf auf der Tischplatte liegen und schlief wie ein Murmeltier.«

»Gar nicht wahr«, sagte Alex zornig. »Ich hab nur nachgedacht.«

»Stimmt nicht, du hast gepennt«, gab Helen zurück, »und geschnarcht wie eine kleine Kreissäge. Ich sag dir, Mum, sie brütet eindeutig etwas aus.«

»Fühlst du dich nicht gut?«

Ihre Mum legte ihr die Hand auf die Stirn und Alex schoss ihrer Schwester einen Blick zu, der »Recht herzlichen Dank« besagte.

»Mir geht's bestens, Mum. Ehrlich. Ich hab nur keinen so großen Hunger.«

»Sie sollte heute mal früher ins Bett gehen«, schlug Helen mit vollem Mund vor.

Alex ging und ließ die anderen allein darüber weiterreden, was mit ihr los war. Sie sprachen von ihr wie von einem vierjährigen Kind oder einem besonderen Fall, so als gehörte sie gar nicht zur Familie. Das konnte Alex nicht ausstehen. Vor allem nicht bei Helen, die offenbar meinte, dass sie mit ihren fünfzehn Jahren mitreden konnte.

Als sie mit den Hausaufgaben fertig war, nahm sie ein Bad und wusch sich die Haare. Sie blieb im Wasser, bis es kalt wurde und von Helens Schaumbad aus dem Body Shop nur noch graue Reste übrig waren. Im Haus war es ganz still, als sie aus der Wanne stieg. Die Familie war im Wohnzimmer. Aus dem Fernseher klang Lachen zu ihr herauf. Alex seufzte und ging in ihr Zimmer. Eigentlich wollte sie nicht allein sein, aber sie wollte auch nicht zu den anderen gehen.

Sie rubbelte sich die Haare trocken und dabei schweiften ihre Gedanken wieder zu Michael Bailey. Sie hatten ihm das Leben wirklich zur Hölle gemacht, alle miteinander. Und sie war genauso schlimm gewesen wie die anderen, hatte kräftig mitgemischt. Wenn sie jetzt daran dachte, schämte sie sich ganz furchtbar. Und traurig machte sie das auch. Deshalb hatte sie vorhin geweint, auch wenn sie das Helen gegenüber nicht zugegeben hatte. Aber damals hatte sie sich genauso verhalten wie die anderen. Sie hatte tatsächlich alles geglaubt, was in den Spottliedern und Beschimpfungen behauptet wurde. Er war ein Idiot, dick und dumm, stinkend und hässlich. Schon allein bei der Vorstellung, ihn zu berühren, hatte sie sich vor Abscheu geschüttelt.

Ihr fiel ein ganz bestimmter Tag ein. Es war ein Samstag gewesen, kurz bevor das alles passierte. An diesem Tag hatte sie ihn mit seiner Mutter in der Bücherei gesehen. Er stand an der Theke, mit einem ganzen Stapel Bücher in den Armen, und als er sie hinlegte, hatte seine Mutter liebevoll gelächelt und mit der Bibliothekarin ein paar Worte gewechselt. Daraufhin wurden seine blassen Wangen vor Freude ganz rot und er stieß ein schüchternes Lachen aus. Alex hatte hinter einem Bücherregal gestanden und ihn beobachtet und dabei fing ihr eigenes Gesicht an zu glühen – vor Scham, denn ihr wurde klar, dass er genauso war wie sie, so wie alle anderen auch.

Sie nahm ihre Haarbürste und trat vor den Spiegel. Das war jetzt zwei Jahre her. Bevor sie sich die Haare bürstete, betrachtete sie ausgiebig ihr Spiegelbild. Sie hatte sich verändert. Alle hatten sie sich verändert, zwei Jahre machten einen gewaltigen Unterschied aus.

Sie ging zu ihrem Schreibtisch, holte das damalige Klassenfoto hervor und stellte es neben dem Spiegel auf. Mrs Harris sah noch genauso aus wie damals, aber die anderen waren kaum wiederzuerkennen.

Alex hatte das Foto schon seit ewigen Zeiten nicht mehr angesehen. Jetzt betrachtete sie es eine Weile ganz genau und konnte es kaum fassen, wie jung sie alle aussahen. Als Nächstes unterzog sie ihr eigenes Abbild einer gründlichen Musterung und verglich es mit dem, was sie im Spiegel sah. Sie war ein ganzes Stück in die Höhe geschossen, ihr Gesicht war nicht mehr so rundlich und ihre braunen Augen wirkten größer. Ihre Haare waren immer noch lockig und hatten dieselbe hellbraune Farbe wie früher, aber jetzt waren sie zu einer richtigen Frisur geschnitten.

Sie sah sich die anderen an, ließ den Blick über die Reihen schweifen. Beim Anblick von David musste sie lächeln. Seine abstehenden Ohren ragten hervor und er sperrte den Mund auf, als wollte er gerade etwas sagen.

Und Greg hinten in der letzten Reihe, mit kurz geschorenen Haaren, die Arme vor der Brust verschränkt, schaute mit zusammengekniffenen Augen in die Kamera. Sandi war in der Reihe davor, die Haare zu einem Pferdeschwanz gebunden, und Andrea war ganz vorn. Sie kniete auf dem Boden, ihr breites Grinsen ließ ihre hervorstehenden Zähne sehen und sie trug eine Plastikbrille mit großen, runden Gläsern, die mit Klebepflaster zusammengehalten wurde.

Bailey war nicht mit dabei. Natürlich nicht, das Foto war im Sommer aufgenommen worden. Seither hatten sie sich alle verändert, zumindest äußerlich. Aber was mit Bailey geschehen war, was sie ihm angetan hatten, musste doch wohl zur Folge haben, dass so etwas nie wieder passieren konnte?

Woher also kam dieses Gefühl, das sie heute Nachmittag in der Klasse beschlichen hatte? Es war so stark gewesen. So übermächtig, dass es sie zwei Jahre zurückversetzt hatte. Es hatte sie dazu gebracht, alte Fotos hervorzukramen und in eine Zeit zurückzukehren, an die sie sich eigentlich gar nicht erinnern wollte. Sie hatte sich solche Mühe gegeben, die Erinnerung daran auszulöschen.

Sie legte das Klassenfoto hin, und zwar mit der Vorderseite nach unten, so dass sie es nicht mehr sehen konnte. Dann setzte sie sich aufs Bett und starrte ins Leere. Was hatte das zu bedeuten? Ging jetzt alles wieder von vorn los? Und wen würde es diesmal treffen? Wer war der nächste Michael Bailey?

Sechstes Kapitel

»Alex!« Helen tauchte in der Tür auf; sie war bereits vollständig angezogen. »Mum lässt dich fragen, ob du weißt, wie spät es ist? Du musst jetzt schleunigst aufstehen, sonst schaffst du es nicht mehr rechtzeitig zur Schule.«

»Ja, schon gut, ich komm gleich«, murmelte Alex.

Sie fühlte sich total schlapp, müder als gestern Abend, als sie ins Bett gegangen war. Die ganze Nacht über hatten Albträume sie gequält, aber eigentlich waren es eher Erinnerungen gewesen. Immer wieder und wieder war sie oben auf der Fußgängerbrücke gewesen. Sie wusste nur noch bruchstückhaft, was im Traum geschehen war, aber von der würgenden Angst und dem wilden Pochen ihres Herzens war ihr auch jetzt noch ganz schwach zu Mute und sie fühlte sich bedrückt und deprimiert.

»Mach voran, Alex«, sagte ihre Mutter, als sie mit ihrem Frühstück fertig war. »Hol deine Sachen und mach dich fertig. Wenn du dich beeilst, fahr ich dich in die Schule.«

Alex wischte sich den Mund ab und sauste los, um sich die Zähne zu putzen und ihren Kram zu holen. Dabei hob sich ihre Stimmung ein wenig.

Normalerweise machte Mum kein solches Angebot, auch nicht, wenn es in Strömen goss, und jetzt regnete es noch nicht einmal.

Zwei Meilen entfernt lag Lauren Price auf ihrem Bett, hatte die Hände hinter dem Kopf verschränkt, starrte in blauen australischen Himmel und silbrig glitzernde

Brandung, konzentrierte sich ganz und gar auf ihr Poster von Bondi Beach und versuchte mit aller Macht die Rufe ihrer Mutter in Möwenschreie zu verwandeln.

Die Tür zu ihrem Zimmer ging auf und Lauren wandte den Blick vom Poster zur Tür. Dort stand ihre Mutter im Mantel und klapperte mit den Autoschlüsseln.

»Lauren, kommst du jetzt endlich? Ich ruf dich schon seit zehn Minuten!«

»Ich geh nicht in die Schule«, sagte Lauren und schloss die Augen. »Ich bin krank.«

Mit einem tiefen Seufzer trat ihre Mutter ans Bett.

»Was hast du denn?«, fragte sie und fühlte ihrer Tochter die Stirn.

»Keine Ahnung.« Lauren wehrte ihre Hand ab. »Mir ist einfach nicht gut. Ich muss heute zu Hause bleiben. Der Kopf tut mir weh und in meinem Bauch rumort es so komisch.«

Mrs Price betrachtete ihre Tochter und versuchte eine Entscheidung zu fällen. Lauren war ziemlich blass, hatte aber kein Fieber. Offenbar hatte sie gut geschlafen, und als sie gestern Abend ins Bett ging, war alles noch in Ordnung gewesen. Das wiederholte sich jetzt schon zum dritten Mal in ebenso vielen Wochen, und in allen Fällen war eine erstaunliche Besserung eingetreten, sobald es neun Uhr vorbei war.

»Na komm«, sagte sie und setzte sich aufs Bett. »Ich weiß doch, dass du nicht krank bist.«

»Bin ich aber.« Lauren drehte sich zu ihr um und sah sie an. »Ehrlich.«

Ihre Mutter legte ihr behutsam die Hand auf die

Schulter. »Da stimmt was nicht, Lauren. Was ist los? Hat es mit der Schule zu tun? Warum willst du's mir nicht sagen?«

»Nein. Es ist nichts«, murmelte Lauren. »Mir ist bloß nicht gut.« Aus dem Erdgeschoss klang die Radiomelodie der Acht-Uhr-dreißig-Nachrichten herauf.

»Dann musst du dich untersuchen lassen«, sagte Mrs Price und stand auf. »Wir setzen Caroline ab und danach bring ich dich schnurstracks zur Ärztin.«

Damit dürfte die Sache gelaufen sein, dachte sie. Von klein auf war Lauren immer noch lieber zum Zahnarzt gegangen, als eine Arztpraxis aufzusuchen.

»Ach, na gut«, sagte ihre Tochter mürrisch. »Dann geh ich eben in die Schule.«

Vor der Schule versuchten zahllose Eltern ihre Kinder möglichst nah am Haupteingang abzusetzen. Es herrschte das übliche Verkehrschaos.

Hoffentlich kommen wir wirklich zu spät, dachte Lauren, als ihre Mutter vor dem Schülerlotsen anhielt, damit er seine Herde von Müttern mit Buggys und kleinen Kindern im Schlepptau sicher über die Straße treiben konnte. In dem Augenblick, als er zurücktrat, fuhr ein Wagen los, der am Straßenrand geparkt hatte. Ihre Mutter blinkte links, verlangsamte das Tempo, ließ den Fahrer aus der Parklücke am Straßenrand, fuhr selbst hinein und hielt an.

»Tschüs, ihr beiden. Viel Spaß.«

Sie beugte sich vor und langte über den Beifahrersitz, um die Tür aufzumachen. Der Griff klemmte und Caroline, ihre jüngere Tochter, kam damit nicht zurecht.

»Tschüs, Mum. Dir auch«, sagte Caroline und gab ihr einen Kuss, bevor sie ausstieg.

»Lauren!«, rief ihre Mutter.

Lauren bückte sich und schaute durch die Beifahrertür in den Wagen. »Was gibt's?«

»Willst du dich nicht verabschieden?«

»Ach so, ja. Tschüs«, sagte sie. Mit einem lässigen Winken wandte sie sich ab, packte Caroline am Arm und schob sie durch das Gewühl.

Mrs Price blieb noch einen Augenblick im Wagen sitzen und sah ihnen im Rückspiegel nach. Seit sie nach England gekommen waren, hatte sich Lauren verändert. Sie war ein ganz anderer Mensch geworden, still und verschlossen. Dabei war sie immer so ein Sonnenschein gewesen, hatte fröhlich drauflosgeplaudert. Jetzt war ihr strahlendes Lächeln verschwunden und sie sprach kaum ein Wort – und wenn, dann schnauzte sie einen an.

Sie hatten gewusst, dass es schmerzlich sein würde, die vertraute Umgebung, die Schule und alle Freunde zurücklassen zu müssen, aber sie hätte nie gedacht, dass Lauren der Abschied so schwerfallen würde. Die Einzige, um die sie sich Sorgen gemacht hatte, war Caroline gewesen.

Da sieht man mal wieder, wie wenig ich weiß, dachte sie, als sie den Motor anließ. Caroline hatte sich sofort eingelebt und redete ohne Punkt und Komma von der neuen Umgebung. Ihre kleinen Freunde kamen zum Spielen und sie verbrachte ganze Wochenenden bei anderen Leuten. Aber Lauren? Nichts.

Sie setzte den Blinker, um aus der Parklücke zu fahren. Aber ihre Gedanken kreisten weiter um ihre ältere Tochter.

Lauren erzählte nichts von der Schule. Mrs Price wurde plötzlich bewusst, dass sie von keinem einzigen ihrer Mitschüler den Namen wusste. Aus Carolines Klasse kannte sie sämtliche Kinder mit Namen. Aber wenn sie sich abends bei Lauren erkundigte, wie es gewesen war, stieß sie mit ihren Fragen nur auf eisiges Schweigen oder einsilbige Antworten.

Während sie im Spiegel den vorbeifließenden Verkehr beobachtete, regten sich Schuldgefühle in ihr. Lauren hatte nicht herkommen wollen, hatte sich gegen den Umzug mit aller Macht gesträubt und zumindest zum Teil hatte sie diese Einstellung von ihrer Mutter übernommen. Auch Jenny Price hatte die vertraute Umgebung nicht verlassen wollen. Sie war gebürtige Australierin, das war ihr Land. Für Jeff, ihren Mann, war das anders. Er war Brite.

Es hatte heftige Auseinandersetzungen gegeben, als er ihr von dem Umzug erzählte. Aber jetzt waren sie hier und mussten das Beste daraus machen. Das wäre leichter gewesen, wenn Jeff mehr zu Hause gewesen wäre. Das war noch so ein Problem: Er hatte so viel Arbeit, dass sie ihn kaum zu Gesicht bekamen.

Der Wagen hinter ihr gab Zeichen mit der Lichthupe. Als das endlich zu ihr durchdrang, schreckte sie aus ihren Gedanken auf. Mit einem verlegenen Lächeln und einem Winken reagierte sie auf das Zeichen und fädelte sich in den Verkehr ein.

»Wer war das denn?«, erkundigte sich Alex' Mutter beim Einparken.

»Wer war wer?« Alex schaute sich um.

»Die Frau in dem roten Wagen, die hier gerade rausgefahren ist.«

Alex zuckte mit den Schultern. »Woher soll ich das wissen?«

»Das große Mädchen dort drüben ist aus dem Wagen ausgestiegen. Nein, da drüben, direkt an der Schule. Sie sieht so aus, als wär sie in deinem Alter. Ist sie in deiner Klasse? Und ist das ihre Schwester?«

»Ach, das ist Lauren Price«, sagte Alex. »Und: Ja, sie geht in meine Klasse. Und wenn's nicht gerade ihr Hobby ist, kleine Kinder zu entführen, wird das wohl ihre Schwester sein.«

»Eine eindrucksvolle Erscheinung, dieses Mädchen. Komisch, ich hab nie mitbekommen, dass du von ihr erzählt hast.«

Alex zuckte noch mal mit den Schultern und langte auf den Rücksitz, um sich ihre Tasche zu holen. »Sie ist neu. Aus Australien.«

»Ach, deshalb! Die meisten Leute hier kenne ich schon seit Jahren«, sagte Alex' Mutter und zeigte auf ein paar Frauen, die ihre Kinder abgeliefert hatten und jetzt in einem dichten Knäuel beisammenstanden und den neusten Klatsch austauschten. »Aber keine würde mich jemals grüßen. Und dann kommt eine wildfremde Frau daher und lächelt und winkt.« Sie grinste. »Schön zu wissen, dass es unter den Eltern doch zumindest noch ein anderes menschliches Wesen gibt.«

Alex beugte sich zu ihrer Mutter und gab ihr einen Kuss. Dann stieg sie aus.

»Ich muss los, Mum. Sonst kommen wir beide zu spät.«

»Stimmt, mein Schatz. Bis nachher!«

Lauren sah Caroline nach, die zu ihren Freunden davonflitzte. Dann bog sie widerstrebend in den Schulhof der älteren Schülerinnen und Schüler ein. Der Tag streckte sich endlos lange vor ihr aus. Erst hier hatte sie gelernt, dass Tage so lang sein können – und dass es überhaupt möglich war, so unglücklich zu sein.

Warum nur waren sie hierhergezogen? Der Umzug hatte Wut und Abwehr bei ihr ausgelöst und diese Gefühle hatten sich im Lauf der Zeit nicht gelegt. Im Gegenteil, sie waren nur noch schlimmer geworden und hatten sie hart und bitter gemacht. Hier war sie fremd, sogar sich selbst. Alles hier war ihr so verhasst, dass sie die Sehnsucht nach ihrer alten Schule und ihren alten Freunden wie einen körperlichen Schmerz tief in ihrem Inneren spüren konnte.

Jede Gruppe aus ihrer Klasse wandte sich betont ab, wenn sie an ihnen vorbeiging. Am Anfang hatte sie sich wirklich Mühe gegeben, nett und freundlich zu sein, aber sie hatte von den anderen nur Ablehnung erfahren. Man hatte ihr die kalte Schulter gezeigt.

Es wird schon nicht so schlimm werden, wie du jetzt meinst – das hatte ihre Mutter gesagt, als sie ihre Sachen packten. Aber das stimmte nicht. Es war schlimmer, viel schlimmer. Es war so schlimm, dass für Lauren das

Unvorstellbare vorstellbar geworden war. Insgeheim wünschte sie sich, dass ihre Mutter ihren Vater verließ und mit ihr nach Australien zurückkehrte.

Alex entschuldigte sich für die leichte Verspätung und machte es sich auf ihrem Platz bequem. Sie hatten eine Lesestunde, in der sich jeder seine Lektüre selbst aussuchen konnte.

»Hey, Alex. Alex!«, flüsterte Josie über den Rand ihrer Zeitschrift hinweg.

»Was?«, fragte Alex, ohne dabei von ihrem Buch aufzusehen.

»Hast du dir das mit David noch mal überlegt? Sandi hat endgültig Schluss mit ihm gemacht.«

Alex blätterte um und brummte: »Wozu erzählst du mir das? Ich hab dir doch gestern schon gesagt: kein Interesse.«

»Das glaub ich dir nicht. Und Sandi glaubt's auch nicht. Wir finden, dass ihr wie füreinander geschaffen seid.« Josie grinste. »Jetzt ist deine Chance gekommen. Du solltest sie nutzen. Das steht auch hier.« Sie zeigte auf den Artikel, den sie gerade las. »Du musst die Initiative ergreifen. Aber wenn du willst, frag ich ihn für dich«, fügte sie noch hinzu.

Alex kennzeichnete sorgfältig die Stelle in ihrem Buch und legte es auf den Tisch. »Pass auf, Josie«, sagte sie leise. »Es ist mir schnurzpiepegal, was in deinen blöden Zeitschriften steht. Ich sag's dir jetzt zum letzten Mal: Ich steh nicht auf ihn. Und wenn du zu ihm gehst und auch nur ein einziges Wort sagst, bring ich dich um.

Ich mein's ernst. Dann bring ich dich um und denk mir für dich eine besonders langsame, qualvolle Todesart aus. Jetzt halt die Klappe und lass mich in Ruhe. Schließlich sollen wir hier still lesen.«

Alex nahm wieder ihr Buch und schlug es an der Stelle auf, wo sie gewesen war, aber sie las nicht weiter. Am Tisch von Lauren Price tat sich etwas, was ihre Aufmerksamkeit erregte.

In der Klasse hatte jeder Schüler sein eigenes Pult, aber man hatte jeweils vier oder fünf Pulte zu einem größeren Tisch zusammengeschoben. Der von Alex befand sich an der Tür. Sie saß neben Josie, die ihr jetzt tief beleidigt den Rücken zuwandte. Die Jungen, die ihnen gegenübersaßen, unterhielten sich über Computerspiele und blätterten in einem Football-Buch. Einer von ihnen schaute auf, wies mit dem Kinn zu Josie hinüber und zwinkerte Alex zu.

Alex grinste. Die Jungs waren in Ordnung. Außerhalb der Klasse gaben sich die Mädchen nicht mit ihnen ab, aber am Tisch unterhielten sie sich, erzählten sich Witze, halfen sich gegenseitig und machten Spiele mit Papierkügelchen und Radiergummis, wenn der Unterricht zu langweilig wurde oder Ms Quaid gerade nicht hersah. Es kam zu kleineren Streitigkeiten, wenn geliehene Sachen nicht zurückgegeben wurden, aber meistens ging es ausgesprochen freundschaftlich zu.

Am Tisch von Lauren Price war das jedoch anders. Lauren saß allein und starrte in ein Buch, in dem sie offensichtlich gar nicht las. Die anderen waren so weit wie möglich von ihr abgerückt und kicherten untereinander, während sie eifrig damit zugange waren, aus Büchern und Federmäppchen Barrieren aufzubauen, als stünde eine Klassenarbeit bevor.

Aber sie würden heute Morgen gar keine Arbeit schreiben. Das konnte also nur eins bedeuten: Die anderen von Laurens Tisch redeten nicht mit ihr. Sie schnitten sie total.

Im Lauf des Vormittags schaute Alex immer wieder zu ihnen hin. Lauren bat niemanden um Hilfe und niemand wollte Hilfe von ihr. Das war ungewöhnlich, vor allem in Mathe. An ihrem Tisch saßen nicht gerade die größten Leuchten der Klasse und Lauren war ausgesprochen intelligent. Aber die anderen machten sich das nicht zu Nutze. Die ganze Zeit über, die Alex sie beobachtete, sprach niemand ein einziges Wort mit ihr.

Nur im Vorbeigehen, wenn jemand Papier holte oder zum Papierkorb ging, flüsterte man ihr etwas zu. Alex wusste, dass es sich dabei um gehässige Bemerkungen handelte. Das war an dem Getuschel zu erkennen und daran, wie Lauren zusammenzuckte und rot wurde, auch wenn sie sich sichtlich bemühte nicht zu reagieren. Manchmal wurde ihr ein Zettel auf den Tisch geworfen. Lauren las die Botschaften nicht. Sie knüllte die Zettel zusammen und machte mit ihrer Arbeit weiter.

Man hatte sich also Lauren Price als nächste Zielscheibe ausgesucht. Warum? Okay, sie war neu in der Schule und hatte keine Freunde, aber sie hätte bei entsprechendem Einsatz ohne weiteres Freundschaften schließen können, wenn man ihr die Chance dazu gegeben hätte. Sie war nicht wie Bailey. Er war das geborene

Opfer, aber bei ihr war das anders. Alex hätte schwören können, dass jemandem wie ihr so etwas normalerweise nicht widerfuhr.

In der Zwischenpause lehnte Lauren an der Mauer und versuchte sich so zu geben, als mache ihr das gar nichts aus. Aber das funktionierte nicht. Wenn man mitten in einer Menschenmenge allein ist, sticht man immer hervor. Und am auffälligsten ist man für sich selbst. Das war wie so ein Traum, in dem man im Unterhemd durch die Straße läuft.

Die Mittagspausen waren noch schlimmer. Dann schlug Lauren einen Bogen um die verschiedenen Gruppen, die umherliefen und spielten, und starrte die Leute an, die in dichten Trauben beisammenstanden und sich unterhielten. Sie hüllte sich in ihre mürrische Gleichgültigkeit wie in einen Umhang, der verbergen sollte, wie unglücklich sie war. Im Speisesaal saß sie stumm und verlegen inmitten des ganzen Lärms, starrte ihr mitgebrachtes Essen an und es kam ihr so vor, als brauchte sie für jeden Bissen eine Stunde, bis sie ihn endlich zerkaut hatte.

Alex kam ins Grübeln. Wie lange läuft das schon?, fragte sie sich. Hat es gerade erst angefangen? Oder geht das schon eine ganze Weile so und ich war nur zu sehr mit mir selbst beschäftigt, um was davon zu bemerken?

Vielleicht, dachte sie, hab ich es sehr wohl bemerkt und wollte es nur nicht sehen.

Wenn sie ehrlich war, kam das der Sache schon näher. Genau wie bei Bailey, dachte sie. Diese Wahrheit versetzte ihr einen schmerzhaften Stich.

In der Mittagspause hing Alex mit Sandi und ihren Kumpels herum, spazierte mit ihnen über den Schulhof, gehörte dazu. Sie unterhielten sich nicht ständig über Lauren, sie war nicht das einzige Gesprächsthema, aber jedes Mal wenn sie Lauren zu Gesicht bekamen, gab es ein paar Kommentare.

»Sie ist so was von eingebildet«, sagte Josie, als sie an Lauren vorbeigingen. »Ich kann sie nicht ausstehn.«

»Ich auch nicht«, pflichtete Andrea ihr bei. »Sie ist ein hochnäsiges Ekel. Redet dauernd nur davon, wie toll es in Australien war und dass hier alles Scheiße ist.«

»Genau«, sagte Sandi. »Wisst ihr noch, wie das am Anfang war, als sie hier ankam? Sie hat sich ständig damit großgetan, wie cool ihre alte Schule war, mit jeder Menge Computern und einem olympiareifen Schwimmbecken.«

»Und sie hatte Millionen von Freunden«, stimmte Josie mit ein, »die alle Designerklamotten trugen und zu Hause einen Swimmingpool hatten und am Strand rumhingen und surften, genau wie in *Beverly Hills*.«

»Ach ja«, fügte Andrea noch hinzu. »Und vergesst nicht, dass immer die Sonne schien und das Wetter so toll war. Im Garten wuchsen Pfirsiche und lauter so Sachen und sie veranstalteten Barbecues und Partys, und alles war einfach wunderbar …«

»Ganz anders als hier!«, riefen sie alle im Chor.

»Immerhin hatte Mrs Dunbar sie dazu aufgefordert,

uns von Australien zu erzählen«, stellte Alex sachlich fest.

»Ja, schon – na, wenn's dort so großartig war, soll sie eben wieder dahin zurück«, sagte Sandi so laut, dass Lauren es hören konnte.

Jetzt, wo sie ihre Aufmerksamkeit hatten, machten sie erst recht weiter.

»Schaut sie euch doch nur an!«, sagte Andrea. »Sie –«

Andrea brach ab, weil ihr klar wurde, dass gerade sie über das Aussehen eines anderen Menschen lieber nicht herziehen sollte.

Aus ihren schräg geschnittenen grauen Augen starrte Lauren zu ihr herüber. Ihr Blick war überheblich. Hier war sie im Vorteil, zumindest Andrea gegenüber. Lauren war größer als die meisten Jungen in der Klasse. Sie war schlank, ihre Haut war immer noch von der Sonne gebräunt und ihre kurzen, dunklen Haare hatten einen guten Schnitt, der ihre klaren, kräftigen Züge betonte. Vermutlich könnte sie richtig hübsch aussehen, wenn sie lächeln würde. Schlagartig wurde Alex bewusst, dass sie Lauren nur dieses eine Mal lächeln gesehen hatte.

Sandi kam Andrea zu Hilfe. »Sieht gar nicht wie ein Mädchen aus, eher wie ein Junge«, höhnte sie.

»Ihr könnt mich alle mal …«, schrie Lauren zurück.

Ihre letzten Worte gingen im durchdringenden Sirenengeheul von einigen kleinen Jungen unter, die an ihnen vorbeitobten. Aber sie bekamen doch mit, was Lauren ihnen empfahl.

»Solche Ausdrücke verwenden wir hier nicht!«,

schmetterte Sandi über die Schulter zurück, während sie sich von Lauren entfernten.

Alex konnte sich ein Grinsen nicht verkneifen. Von allen Leuten, die sie kannte, schimpfte und fluchte Sandi am meisten. Sie benutzte Ausdrücke, die nicht mal Helen in den Mund nehmen würde.

Auch als sie schon längst außer Hörweite waren, zogen sie weiter über Lauren her und machten sich über ihren australischen Akzent lustig. Sie hackten auf allem herum, auch darauf, dass ihre Familie auf dem Weg hierher einen Aufenthalt in Disneyland eingelegt hatte.

»Na und?«, sagte Alex schließlich. »Adrian Green war doch auch mal in Disney World, ohne dass ihr ihn dafür fertiggemacht habt.«

»Er hat aber auch nicht andauernd davon geredet, oder?«, sagte Sandi.

»Das hat sie auch nicht gemacht«, gab Alex zurück. »Sie hat das nur erwähnt, weil Ms Quaid gefragt hatte, wer schon mal an einem interessanten Ort war. Wenn ich dort gewesen wäre, würd ich das auch interessant finden. Und Adie Green hat sehr wohl andauernd davon geredet. Er hat diese Kappe mit den Mickymaus-Ohren so lange getragen, bis sie sich in ihre Bestandteile aufgelöst hat.«

»Ach, das war doch was ganz anderes. Er war in Florida, in Orlando. Sie war in San Francisco.«

»Ich begreif nicht, was das damit zu tun haben soll«, sagte Alex kopfschüttelnd.

»Und sie ist eingebildet. Das kannst du nicht leugnen, Alex«, mischte sich Melanie Johnson ein, die an Laurens

Tisch saß. »Sie ist mit den Matheaufgaben schon fertig, aber sie bietet uns niemals ihre Hilfe an.«

Daraufhin sahen sich alle an und nickten, als wäre das der schlagende Beweis.

»Ja? Und?« Alex verschränkte die Arme vor der Brust. Allmählich geriet sie in Wut. »Habt ihr sie darum gebeten? Hat sie jemals Hilfe von euch bekommen? Sprecht ihr überhaupt mit ihr? Ich meine, wieso sollte sie was für euch tun? Es ist nicht fair, sie ...«

»Was ist nicht fair, Alex?«, fragte Sandi. »Wieso ergreifst du für sie Partei?«

Die anderen verstummten.

Alex wandte den Blick ab.

»Tu ich doch gar nicht ...«, fing sie an.

»Hört sich aber ganz so an«, höhnte Sandi. »Seit Lisa weg ist, bist du nicht mehr die Alte. Schleimst dich dauernd bei der Quaid ein. Du redest schon genau wie sie. ›Es ist nicht fair ...‹« Sie verschränkte die Arme, rümpfte die Nase und äffte Alex' Formulierung und ihren Gesichtsausdruck nach. »Aus dir wird allmählich ein richtiger kleiner Lehrerliebling. Jetzt, wo Lisa weg ist, solltest du dich lieber vorsehen – sonst hast du bald gar keine Freunde mehr.«

Siebentes Kapitel

Während der gesamten Anwesenheitskontrolle grübelte Alex über Sandis Bemerkung nach, dass sie sich bei Ms Quaid einschleimte.

So etwas hatte ihr noch niemand gesagt. Dabei hatte man ihr bei unterschiedlichen Gelegenheiten schon so ziemlich alles vorgeworfen, was es nur gab.

Es stimmte, sie mochte Ms Quaid lieber als die anderen Lehrer, aber das hieß doch noch lange nicht, dass sie sich einschleimte. Schleimer waren Leute, die sich wie wild meldeten und mit der Hand in der Luft herumfuchtelten, sobald der Lehrer auch nur den Mund aufmachte, und die losflitzten und Dinge einsammelten oder austeilten, noch bevor sie darum gebeten wurden.

So bin ich nicht, dachte Alex, das ist nicht wahr. Aber sie fuhr heftig zusammen und wurde knallrot, als Ms Quaid von hinten an sie herantrat und ihr die Hand auf die Schulter legte.

»Ich hänge heute Nachmittag die neuen Ausstellungsstücke an die Wand«, sagte Ms Quaid. »Und du bist mit deiner Arbeit doch schon fertig, Alex, nicht wahr? Ob du mir vielleicht helfen würdest?«

Sandi und Andrea setzten ein Gesicht auf, das »Wir hatten ja so Recht« besagte. Es kostete Alex daher große Überwindung, die Hand der Lehrerin nicht abzuschütteln, aber sie beherrschte sich und schaffte es auch, sich ein leises »Ja, klar. Mach ich doch gern« abzuringen.

Der Ausstellungsbereich war draußen vor der Klasse neben der Tür. Zuerst mussten sie die alten Arbeiten abnehmen und als Hintergrund neuen Karton anbringen. Daran hefteten sie die neuen Sachen, die Ms Quaid später mit dem Tacker befestigen würde. Gerade als Alex zurücktrat und ihr Werk kritisch betrachtete, kam die Lehrerin aus der Klasse. Sie wollte sehen, wie sie mit der Arbeit zurechtkamen.

»Hey«, sagte sie. »Das sieht ja richtig gut aus!«

Lächelnd nahmen Alex und Josie das Lob entgegen.

»Wir haben in der Mitte eine freie Fläche gelassen, wie Sie's uns gesagt haben«, sagte Alex.

»Wofür ist das?«, fragte Josie.

»Für Laurens Känguru-Bild«, antwortete Ms Quaid und schoss die Heftklammern in den weichen Untergrund der Ausstellungsfläche. »Ich hol's gleich aus der Klasse.«

Kurz darauf kam sie mit einem großen, schwarzen Zeichenblatt zurück und hielt es in die Lücke, die sie frei gelassen hatten. »So«, sagte sie und strahlte die beiden an. »Ist das nicht toll?«

Zwei Kängurus hüpften nebeneinander einher, eins davon mit einem Jungen im Beutel. Sie wandten die Köpfe zur Seite, als schauten sie direkt zum Betrachter hin. Ihre Augen waren rot, ihre Umrisse waren aber mit Weiß gezogen und mit einem komplexen Muster aus Punkten und Streifen ausgemalt. Der Hintergrund war in Wüstenfarben gehalten und das Ganze wurde von einem breiten Rand aus abstrakten Kringeln und Klecksen umrahmt.

Alex stieß einen bewundernden Pfiff aus. So etwas hatte sie noch nie gesehen. »Wow!«, sagte sie. »Das ist fantastisch!«

Ms Quaid lächelte. »Es ist an der Kunst der Aborigines orientiert. Ihr wisst doch, die Ureinwohner Australiens, bevor die Weißen kamen? Ihre Bilder sehen so ähnlich aus.«

»Ich find's ein bisschen verrückt«, sagte Josie unsicher. »Ich meine, Kängurus sind doch grau, oder? Und nicht gestreift.«

»Ach, lass doch, Josie«, protestierte Alex. »Man sieht doch sofort, was für ein tolles Bild das ist.«

»Kunst ist Geschmackssache, Alex.« Ms Quaid lachte und schaute dann auf die Uhr. »O Gott, schon so spät? Jetzt aber schnell! Ihr lauft jetzt lieber los und wascht euch. Es wird gleich klingeln.«

Als Alex in die Klasse ging, um ihre Tasche zu holen, legte sie auf dem Gang eine kleine Pause ein und bewunderte ihr Werk. Dann blieb sie stocksteif stehen. Der Mittelteil fehlte, das Bild mit den beiden Kängurus. Sie sah sich um und schaute nach, ob es vielleicht heruntergefallen war. Aber sie fand nichts.

Sie wollte Ms Quaid Bescheid geben, doch die war nicht da. Dann sah sie Lauren durchs Fenster. Sie trug etwas, was wie zwei große, schwarze Blätter aussah, eins in jeder Hand. Alex raffte ihre Sachen zusammen und rannte ihr nach.

»Lauren, Lauren – warte!«, rief sie. Lauren war jetzt bei den Mülltonnen. »Was machst du denn da?«

»Wonach sieht's denn aus?«, fragte Lauren, als Alex bei ihr angelangt war. »Ich entsorge Müll.«

»Aber warum? Lauren, nicht!« Alex packte sie am Arm. »Das ist doch dein Bild!«

»Ja, ich weiß. Und schau's dir nur an.« Lauren hielt es hoch, damit Alex es betrachten konnte. »Irgendein Witzbold hat sich mit einem Schnitzmesser darüber hergemacht.«

Entsetzt starrte Alex das Bild an. Im Zickzack führten Schnitte durch die Tiere, die Lauren so sorgfältig und gekonnt aufs Papier gebannt hatte, und trennten ihre Arbeit mittendurch.

Der Zorn in Laurens grauen Augen wich einer verzagten Mutlosigkeit. Der verbissene Zug um ihren Mund geriet ins Wanken. Sie war den Tränen nahe.

»Ich hab das alles so satt«, sagte sie wie zu sich selbst.

»Lauren, mir tut das so leid. Dein Bild – es war wirklich toll.« Alex schüttelte den Kopf. Sie wusste nicht, was sie sagen sollte. »Wie kann man nur so etwas Schreckliches tun?«

»Ach, *dir* tut's leid! Und ich soll dir jetzt auch noch dankbar sein, was?« Lauren spuckte die Worte förmlich aus, voll Wut darüber, dass sie Gefühle gezeigt hatte, sich vor einer von ihnen hatte anmerken lassen, wie tief gekränkt sie war. »Dankbar, weil es dir leidtut? Weil du bei diesen kleinen Rotznasen nicht mitmachst? Es ist mir scheißegal, was du denkst.«

Sie stopfte das zerstörte Bild gewaltsam in die Mülltonne und lief zum Spielplatz der Kleinen davon.

Alex sah ihr nach und drehte sich dann um, weil sie plötzlich merkte, dass jemand hinter ihr stand.

David Morris lehnte an der Mauer und grinste ihr zu.

»Du solltest mal dein Gesicht sehen, Alex«, sagte er. »Sie hat dich ganz schön niedergebügelt.«

In einer Geste der Verzweiflung hob Alex die Hände. Dann fragte sie ihn, was er hier wollte.

»Ich warte auf jemanden.«

»Auf wen? Auf Neil? Der ist schon längst weg.«

»Nein«, sagte er ausweichend. »Auf jemand anderen.«

»Hoffentlich nicht auf Sandi.« Alex lachte. »Das wär nur Zeitverschwendung. Sie hat dich fallen lassen wie eine heiße Kartoffel.«

»Ja, ich weiß«, sagte er verlegen. »Aber ich hab sowieso nicht auf sie gewartet.«

»Auf wen dann?«

»Auf dich«, sagte er.

Jetzt wurde zur Abwechslung Alex verlegen.

»Ach«, sagte sie und kniff dann misstrauisch die Augen zusammen. »Du hast doch nicht etwa mit Josie geredet, oder?«

»Nein, wieso?« David sah sie verdutzt an. Dann zuckte er mit den Schultern und stieß sich von der Mauer ab. »Jetzt kann ich ja gehen. Kommst du mit?«

»Ja«, sagte Alex.

»Die haben es voll auf sie abgesehen«, sagte David und wies auf Lauren, die zusammen mit ihrer Schwester gerade durchs Schultor verschwand.

»Sieht so aus«, gab Alex zurück.

»Weißt du, warum?«

Alex schüttelte den Kopf.

»Ich hab gehört, dass Greg Simpson mit ihr gehen wollte. Und sie hat ihn abblitzen lassen.«

Alex blieb stehen. »Bist du sicher?«

»Absolut. Einer seiner Kumpels hat's mir erzählt. Er konnte sich kaum halten vor Lachen. Als sie hier ankam, war Simpson anfangs echt scharf auf sie. Deshalb hat er sie gefragt – und sie hat ihn angeschaut, als wär er das Allerletzte, nichts als ein Haufen Hundedreck.

Das wird er wohl kaum auf sich sitzenlassen, nicht wahr?«

Nein, dachte Alex. Und Sandi auch nicht.

Sie gingen weiter, aber es fiel Alex schwer, so unbefangen mit ihm zu plaudern, wie sie es sonst immer taten. Sie musste erst mal verkraften, was er ihr gerade von Lauren erzählt hatte. Zugleich ging ihr aber auch die Frage durch den Kopf, aus welchem Grund er wohl gewartet hatte – auf sie, Alex.

Sie warf ihm einen Blick zu, als er gerade nicht hersah. Er hatte seinen Tennisschläger dabei und Alex wohnte ganz in der Nähe des Tennisclubs – das konnte es sein. Sie ertappte sich dabei, dass sie ihn anstarrte. Sie kannten sich schon seit dem Kindergarten, aber mit einem Mal sah er anders aus. Er war vor kurzem beim Friseur gewesen. Seine lockigen Haare, die er ziemlich lang getragen hatte, waren jetzt viel kürzer und sahen irgendwie dunkler aus. Das dicht an der Kopfhaut geschorene Haar glitzerte in der Nachmittagssonne und schimmerte wie Bronze. Er wurde leicht braun und sein Gesicht hatte schon Farbe. Dadurch wirkten seine Augen noch blauer. Als er lachte, bildeten sich lauter kleine Fältchen um sie herum. Das gefiel ihr.

Dann begriff sie, dass er über sie lachte, und ihr schoss die Röte ins Gesicht. Ihr wurde plötzlich bewusst, dass sie sich seit heute Morgen die Haare nicht mehr gebürstet hatte und dass sie mit Sicherheit irgendwo mit Tinte oder Farbe beschmiert war. Und hatte sie womöglich auch noch Körpergeruch? Sie konnte nichts riechen, aber Helen sagte, dass man das an sich selbst nicht merkt.

Mit einem Mal schoss ihr ein Gedanke durch den Kopf. Ob man sich so verhielt, wenn man verknallt war?

»Was hast du denn?«, fragte David. »Warum läufst du plötzlich so weit weg von mir? Und wieso starrst du mich an, als käm ich von einem anderen Stern oder so?«

»Es ist nichts«, murmelte Alex. »Entschuldige.«

»Also, wie ist es? Gießt du die Blumen, solange ich weg bin? Und wenn es sehr heiß wird, müsstest du sie wegrücken, damit sie keine direkte Sonnenbestrahlung abbekommen. Ich würde ja Neil bitten, aber der vergisst es dann doch und ich möchte nicht, dass sie alle eingehen.«

»Ja, natürlich mach ich das«, erklärte Alex bereitwillig.

Sie mochte die Pflanzen. Durch sie wurde die Klasse viel gemütlicher und sie sorgten für eine freundliche Atmosphäre. David hatte die Verantwortung für die wachsende Anzahl ihrer verschiedenen Pflanzen übernommen und er kannte sich überraschend gut damit aus.

Plötzlich fiel ihr noch etwas ein. »Wo fährst du eigentlich hin?«, fragte sie.

»Zu einem Wohnwagen-Camp in Great Yarmouth.« David lachte. »Das hab ich dir gerade erzählt, aber ich hab schon gemerkt, dass du nicht zugehört hast. Es ist ganz toll dort; wir waren schon mal da. Es gibt einen Raum für Spiele, einen Pool, einfach alles.«

Inzwischen waren sie an der Ampel angekommen.

»Hört sich ja super an«, sagte Alex. »Wie lange bist du weg?«

»Nur die eine Woche. Eigentlich sollten wir ja nicht mitten in der Schulzeit fahren, aber meine Mutter hat ihren Urlaubsantrag vermurkst.«

»Du kannst mir ja mal eine Ansichtskarte schicken.«

Er grinste. »Hier ist es sehr schön. Das Wetter ist gut. Viele Grüße und Küsse?«

»So ähnlich.« Alex grinste zurück.

David schaute auf die Uhr. »Ich muss jetzt los, Alex.« Er klopfte sich mit dem Tennisschläger ans Bein. »Ich hab gleich eine Stunde.«

»Okay«, sagte Alex. »Also, tschüs dann.«

Sie wandte sich zum Gehen, aber David hielt sie zurück.

»Weißt du, ich hab mir überlegt, also, wenn ich wieder da bin, ob du dann vielleicht mal Lust auf ein Spiel hast? Tennis, mein ich. Wir können jederzeit auf den Platz, mein Vater hat eine Mitgliedschaft für die ganze Familie.«

Alex lachte laut auf. »Ich und Tennis spielen? Das soll wohl ein Witz sein! Du weißt doch, dass ich ein hoffnungsloser Fall bin. Du selbst redest doch dauernd davon, was für ein hoffnungsloser Fall ich bin!«

»War ja nur so eine Idee.« Er wandte sich schnell ab und drückte auf den Knopf der Fußgängerampel. Das kleine grüne Männchen ließ sich sofort blicken.

»Tschüs, Alex, bis bald«, sagte er und überquerte die Straße.

Als er die Kingston Avenue entlangging, zu den Tennisplätzen hin, winkte er ihr zum Abschied mit dem Schläger.

Alex schaute ihm nach und beschimpfte sich dabei mit sämtlichen Kraftausdrücken, die sie nur kannte. Ihr war inzwischen klar geworden, dass er sie zu einer gemeinsamen Unternehmung eingeladen hatte, als eine Art Verabredung. Aber sie hatte das ein paar Sekunden zu spät begriffen. Und da war ihr die Antwort schon herausgerutscht gewesen und sie hatte alles vermasselt. Wahrscheinlich hatte sie ihn obendrein auch noch gekränkt.

Manchmal konnte sie es selbst kaum fassen, wie blöd sie war.

Achtes Kapitel

Der nächste Tag begann mit einer groß angelegten Untersuchung zu Laurens Bild und was damit geschehen war. Ms Quaid war ehrlich betroffen und tief empört darüber, dass jemand einer Mitschülerin so etwas angetan hatte. Aber die Klasse zuckte nur mit den Schultern und brummte »Keine Ahnung«, als sie fragte, ob jemand etwas dazu wüsste, und danach schwiegen alle beharrlich. Ms Quaid reagierte, indem sie alle bestrafte. Sie strich die Zwischenpause am Vormittag und ersetzte den Kunstunterricht am Nachmittag durch eine zusätzliche Mathestunde.

Die Stimmung in der Klasse wurde immer mieser. Lauren hatte Ms Quaid nichts davon gesagt, was passiert war. Die Strafe ging nicht auf eine Beschwerde von ihr zurück, aber man gab ihr trotzdem die Schuld daran.

»Sie hat uns ans Messer geliefert«, sagte Greg. »Dabei hat sie das Bild doch selbst zerschnitten.«

»Die eigene Arbeit zerstören, nur um im Mittelpunkt zu stehen«, flüsterte Sandi. »Das ist mal wieder typisch! Und wir kriegen den Ärger dafür.«

Das machte die Runde, und als sie am Nachmittag unter Androhung von Nachsitzen mucksmäuschenstill in der Klasse hockten und an endlosen Matheaufgaben herumrechneten, breitete sich tiefer Groll aus. Eine beträchtliche Anzahl der Schüler ließ sich bereitwillig einreden, dass Lauren selbst die Täterin war.

Alex schwitzte so sehr, dass der Stift in ihrer feuchten Hand rutschte. Sie starrte die Zahlenkolonnen an, die auf der Seite wild durcheinanderhüpften. Ihr war übel und sie hatte dröhnende Kopfschmerzen.

Das war alles ihre Schuld. Heute Morgen war sie gleich als Erstes zu Ms Quaid gegangen und hatte ihr gesagt, was mit Laurens Bild geschehen war. Sie hatte geglaubt, dass es so das Beste wäre; Ms Quaid würde ohnehin bemerken, dass in ihrer Ausstellung das Herzstück fehlte. Aber als Lauren in die Klasse gerufen wurde, um die Sache zu besprechen, hatte sie die Augen zusammengekniffen und Alex angesehen, als sollte sie auf der Stelle tot umfallen. Die Fragen der Lehrerin hatte sie mit einem Schulterzucken abgewehrt und gesagt, das wär doch alles ganz egal – ihr mache das sowieso nichts aus.

Alex hätte das gern wiedergutgemacht oder sich zumindest bei Lauren dafür entschuldigt, dass sie die ganze Klasse gegen sie aufgehetzt hatte. Aber Lauren wurde von Minute zu Minute feindseliger und ließ jetzt ihrerseits niemanden mehr an sich heran.

Erneut machte sich Alex daran, die Zahlengruppen zu addieren. Aber sie bekam jedes Mal ein anderes Ergebnis heraus, weil sie nicht bei der Sache war.

Wenn sie bis zum Schulschluss um halb vier wartete, bot sich vielleicht am ehesten eine Möglichkeit. Lauren und ihre Schwester Caroline wurden mit dem Auto abgeholt, aber ihre Mutter kam häufig zu spät. Alex hatte schon öfter mitbekommen, dass die beiden warten mussten. Wenn das wieder der Fall war, würde sie einfach hingehen und sie ansprechen. Und Lauren würde dableiben und zuhören müssen, weil sie ja sonst ihre Mutter verpassen würde, wenn sie davonging und Alex stehenließ.

Nach der Schule folgte sie Lauren durchs Schultor. Es war ihr wichtig, nicht wieder alles zu vermasseln, so wie es ihr gestern mit David passiert war. Seine Familie fuhr heute los, deshalb war er schon früher gegangen. Am Morgen hatte er ihr die Kiste mit allen Utensilien zur Pflanzenpflege überreicht und noch letzte Anweisungen erteilt. Dabei war er durchaus freundlich gewesen, aber Alex wusste genau, dass sie ihn gekränkt hatte. Und er fehlte ihr bereits jetzt. Ein Gefühl beschlich sie, dass sie bald jeden Freund brauchen würde, den sie nur hatte.

Sie überquerte die Straße und ging auf Lauren und Caroline zu. Diesmal musste sie's richtig machen. Ihr Gespräch mit Ms Quaid hatte nur dazu geführt, dass jetzt die ganze Klasse gegen Lauren war. Im Geiste hörte sie die Stimme ihrer Schwester, die sagte: »Alex, wann lernst du's endlich, deine große Klappe zu halten?«

Neuntes Kapitel

»Ich bin bei Lauren Price. Du weißt schon, das Mädchen, nach dem du mich gestern gefragt hast. Bist du einverstanden, wenn ich zum Essen bleibe? Ihre Mutter hat mich eingeladen.«

Alex nahm den Hörer in die andere Hand. Während sie die Fragen ihrer Mutter beantwortete, sah sie sich die Bilder im Flur an. Ausnahmsweise einmal lief alles richtig gut.

»Ja, das ist sie. Sehr sogar. Nein, natürlich mach ich das nicht. Und überhaupt, es ist doch Freitag. Danke, Mum. Bis nachher.«

Sie kehrte in die Küche zurück. »Meine Mutter hat Ja gesagt. Ich darf bleiben«, sagte sie.

»Das ist ja großartig, Alex.« Laurens Mutter lächelte ihr vom Spülbecken zu, während Lauren am Tisch saß und ein finsteres Gesicht zog. »Es gibt Pasta mit Tomatensoße. Magst du das?«

»Ja, Mrs Price, alles bestens.« Alex lächelte nervös zurück; Laurens Feindseligkeit machte sie befangen. »Ich will Ihnen keine Mühe machen. Mir schmeckt alles.«

»Es macht mir keine Mühe, das hab ich dir doch schon gesagt. Und es ist mehr als genug da.«

Laurens Mutter war noch ziemlich jung und sah sehr gut aus, mit einem offenen, fröhlichen Gesicht und freundlichen grauen Augen. Als sie sich ein paar lose Strähnen aus der Stirn strich und ihre vollen, glänzenden dunklen Haare zusammendrehte und zu einem lockeren Knoten hochsteckte, konnte Alex ihre schmalen, sonnengebräunten Hände mit den langen, biegsamen Fingern sehen. Genau wie Lauren war sie groß und schlank, aber sie sprach mit einem anderen Akzent. Er war stärker und trat deutlicher zu Tage, hörte sich irgendwie australischer an. »Es freut mich ja so, dass Lauren eine Freundin eingeladen hat«, sagte sie.

»Ich hab sie nicht eingeladen. Das warst du«, stieß Lauren zwischen zusammengebissenen Zähnen hervor.

Alex und Mrs Price sahen sich mit einem verlegenen Grinsen an und Laurens Miene verdüsterte sich noch mehr.

»Ich mag jede Art von Pasta«, beteuerte Alex hastig. »Überhaupt alles Italienische. Sie wissen schon, Spaghetti und, äh, Lasagne.« Sie suchte verzweifelt nach weiteren Bezeichnungen. »Und diese großen, gefüllten Röhren. Wie heißen die doch gleich?«

»Cannelloni«, warf Lauren ein.

»Genau.« Alex lächelte erleichtert. »Die mag ich auch. Und überhaupt alles, Mrs Price, ehrlich.«

»Na, das ist ja schön.« Laurens Mutter trocknete sich die Hände an einem Geschirrtuch ab und griff nach einem Messer. »Aber hör mit diesem ›Mrs Price‹ auf. Sag Jenny zu mir, ja? Versprochen?«

Alex nickte schnell und wandte den Blick ab. Sie war es nicht gewöhnt, die Mütter ihrer Klassenkameraden mit Vornamen anzusprechen.

»So, Lauren, wie wär's, wenn du mit deinem Gast nach oben gehst, während ich mit der Kocherei weitermache?«

»Muss ich?«, fragte Lauren mürrisch, erhielt aber keine Antwort. Ihre Mutter begann Zwiebeln zu schneiden und hackte so schnell und geschickt drauflos wie ein Profi.

»Ach, von mir aus. Dann komm halt mit«, knurrte Lauren schließlich.

Sie stand auf und ging aus der Küche. Dabei wies sie Alex mit einer knappen Kopfbewegung an, ihr zu folgen.

Während Alex die Treppe hochstieg, dachte sie daran, wie seltsam es war, überhaupt hier zu sein. Sie hatte draußen vor der Schule gestanden und sich alle Mühe gegeben, Lauren in ein Gespräch zu verwickeln. Dann war Mrs Price gekommen, und ehe Alex sich's versah, hatte Laurens Mutter auch schon den Rücksitz ihres kleinen Autos frei geräumt und sie zu sich nach Hause zum Essen eingeladen. Mit unerschütterlich guter Laune hatte sie sich weder auf Alex' höfliche Ablehnung noch auf den energischen Protest ihrer Tochter eingelassen, so dass sie schließlich jeden Widerspruch aufgaben und Alex über den nach vorn geklappten Beifahrersitz stieg und sich neben Caroline auf den Rücksitz quetschte.

Das Namensschild an der Tür zu Laurens Zimmer wies einige Ergänzungen auf, die mit Filzstift ausgeführt waren. Zum Beispiel war da ein niedliches kleines

Mädchen mit einer wilden Mähne aus steil nach oben ragenden Haaren und langen, spitzen Vampirzähnen, von denen Blut tropfte. Und am Türknauf baumelte ein Schild, auf dem Garfield drohend verkündete: Für Eltern verboten!

Alex folgte Lauren ins Zimmer. Als sie die gegenüberliegende Wand sah, blieb sie wie angewurzelt stehen. In der Mitte hing ein riesengroßes Poster, das vom Boden bis zur Decke reichte. Es zeigte eine Surferin, die unter dem gewaltigen Bogen einer blaugrünen Welle in geduckter, angespannter Haltung auf ihrem Surfbrett stand. Die Gischt oben auf der Welle funkelte wie Kristall und sprühte der Surferin auf die bronzefarbenen Schultern.

Das war beeindruckend, aber noch mehr fesselten Alex die gerahmten Bilder links und rechts daneben. Sie waren in einem strahlenden Schwarz-Weiß gehalten oder in gedämpften Erdtönen: Orange, Gelb, das Rot von getrocknetem Blut. Auf den Bildern waren Menschen zu sehen, manche groß und dünn, andere dick und gedrungen, mit seltsam verzerrten, in die Länge gezogenen Köpfen und riesigen Füßen, mit denen sie wie Zauberwesen aussahen, aus einer anderen Welt.

Aber am besten gefielen Alex die Tiere. Es handelte sich um keine realistischen Darstellungen, sie waren nicht naturgetreu und doch waren sie alle erkennbar, als Eidechse oder als Krokodil, wobei die Art, wie die Kopfhaltung oder eine Schwanzbewegung festgehalten war, das Ganze ungemein lebendig machte.

»Dir gefällt meine Surferin?« Die Andeutung eines Lächelns huschte über Laurens Gesicht. Sie freute sich darüber, dass ihr Zimmer solchen Eindruck machte. »Die ist toll, nicht? Das ist die australische Meisterin.«

»Ja«, sagte Alex, »aber diese anderen Bilder gefallen mir noch besser. Außer auf deinem Känguru-Bild hab ich so was noch nie gesehn.«

»Das ist die Kunst der Aborigines. Die Bilder wurden von den Ureinwohnern Australiens gemalt. Mein Vater war mit mir auf einer Ausstellung in Perth. Ich hab mich dort den ganzen Tag aufgehalten. Er konnte mich erst loseisen, als er mir ein paar davon kaufte. Das sind natürlich keine Originale, nur Poster.«

Sie ließ sich in eine Kuschelecke fallen, die aus großen, bunten Kissen bestand, und gab Alex ein Zeichen, dass sie sich neben sie setzen sollte.

Alex nahm Platz, zog die Beine an und schlang die Arme um die Knie. Dabei starrte sie weiterhin auf die Bilder.

»Weißt du was?«, sagte sie. »Meine Mutter wär total begeistert davon.«

»Ach ja?« Lauren spielte mit einer Quaste, flocht einen Zopf hinein und löste ihn wieder. »Wie kommt's? Ist sie Kunstlehrerin oder so?«

»Ja, sie unterrichtet am College. Wenn sie Zeit hat, macht sie auch eigene Arbeiten.«

»Ja?« Allmählich war Laurens Interesse erwacht. »Ich hab auch ...«, fing sie an, brach dann aber ab und wechselte das Thema. »Meine Mutter ist auch berufstätig. Rate mal, was sie macht.«

Alex zuckte lächelnd mit den Schultern. Das konnte sie nicht erraten, dazu kannte sie Laurens Mutter noch nicht genug.

»Hast du gesehen, wie sie die Zwiebeln gehackt hat? Das schnellste Hacken weit und breit. Sie ist Köchin, eine Küchenchefin.«

»Echt?«

»Ja. Sie arbeitet morgens und über die Mittagszeit in einem Restaurant hier in der Stadt. Zu Hause ...« Sie legte wieder eine Pause ein und berichtigte sich dann. »Also, an unserem Wohnort in Australien hatte sie ihr eigenes Lokal. Das hat sie zusammen mit ihrer Freundin geleitet. Sie waren Partnerinnen.«

Alex staunte darüber, wie gut die Unterhaltung lief. Im Grunde war sie schon erleichtert, weil sie überhaupt miteinander klarkamen. Gerade als sie sich das eingestand, wandte sich Lauren betont von ihr ab und verstummte. Alex schaute sich um, suchte verzweifelt nach einem neuen Gesprächsthema. Und da entdeckte sie etwas. Mitten auf der Nase einer äußerst grimmig dreinblickenden Maske thronte Sandis rosa Sonnenbrille mit den großen Punkten.

»Du hast wirklich ganz erstaunliche Sachen«, stellte sie fest und räusperte sich. »Wo kommen denn die ganzen Masken her?«

Die Wand über dem Bett war voller Masken in den unterschiedlichsten Formen und Größen. Einige wirkten bis auf die grellen Farben ziemlich harmlos und nichtssagend. Andere wiederum hatten Stoßzähne wie Elefanten oder die Reißzähne von Raubtieren und streckten in einer grausigen Grimasse die Zunge heraus.

»Ach«, sagte Lauren, ohne auch nur zu ihnen hinzusehen; stattdessen schaute sie Alex an, behielt sie genau im Blick. »Aus Malaysia, Indonesien, Bali, Hongkong. Aus verschiedenen Gegenden.«

»Warst du dort überall?«, fragte Alex.

Sie gab sich alle Mühe, nicht hinzusehen, aber die Sonnenbrille ragte riesengroß vor ihr auf und verstärkte die angespannte Stimmung zwischen ihnen.

»Nicht überall. Ich war in den Ferien auf Bali und in Indonesien, aber die anderen Masken hat mir mein Vater von seinen Geschäftsreisen mitgebracht.«

Alex riss sich von den Masken los und versuchte zu einer normalen Unterhaltung zurückzufinden. »Was macht dein Vater denn?«, fragte sie.

»Er arbeitet mit Computern.«

»Ach, für wen?«

»Für eine große internationale Firma. Deshalb sind wir hierhergezogen«, erklärte Lauren ungeduldig. »Was machst du hier? Was willst du, Alex?«

»Ich bin einfach deshalb hier, weil deine Mutter mich eingeladen hat ...«, fing Alex an.

»Quatsch!«, rief Lauren. »Du bist mir nach der Schule gefolgt. Du hast mich den ganzen Tag beobachtet. Was willst du von mir? Wenn das eine Falle ist, hinter der Sandi mit ihren miesen kleinen Freunden steckt, dann kann ich dich nur warnen. Mir reicht's jetzt nämlich und ich werde ...«

»Nein.« Alex hielt die Hände hoch. »Nichts davon.

Ehrenwort. Es ist nur, dass ich – ich wollte mich wegen heute Morgen entschuldigen. Ich fand das so gemein, was mit deinem Bild gemacht wurde. Aber vielleicht hätte ich Ms Quaid nichts sagen sollen, ohne dich vorher zu fragen. Das tut mir leid.«

Laurens Gesicht blieb verschlossen. Sie setzte eine undurchdringliche Miene auf, die aber zugleich wild und bedrohlich aussah, so wie die Masken an der Wand hinter ihr.

»Ja«, sagte sie und ihre grauen Augen blickten stahlhart. »Du solltest wirklich lernen deine Nase nicht in fremde Angelegenheiten zu stecken. Vielleicht hab ich's ja wirklich selbst gemacht, wie alle behaupten. Und vielleicht hab ich ja auch die Brille geklaut. Woher willst du wissen, dass es nicht so war?« Sie wies mit dem Kinn zu den Masken hinüber und stieß ein raues Lachen aus. »Schau dich nur an, du kannst dich an der Brille gar nicht sattsehen, nicht wahr? Ich weiß genau, was du jetzt denkst.«

Alex schüttelte den Kopf. »Nein, das weißt du nicht«, sagte sie.

»Du kannst mich deshalb ja auch gleich verpfeifen. Was hindert dich daran?«, höhnte Lauren.

»Ich petze nicht«, sagte Alex ruhig. »Wo hast du die Sonnenbrille her, Lauren?«

»Vielleicht hab ich sie gestohlen, um dieser blöden Kuh eins auszuwischen …« Lauren seufzte. Ihr Zorn war mit einem Mal wie weggewischt. »Das stimmt nicht. Sie war in meiner Tasche. Dort hab ich sie gefunden.«

Alex nickte. Das passte ins Bild. Darum also war es am Mittwochnachmittag gegangen. Sie hatten den Plan ausgeheckt, Lauren die Brille unterzujubeln, um sie als Diebin hinzustellen. Das Vorhaben war nur daran gescheitert, dass Ms Quaid sich geweigert hatte eine allgemeine Durchsuchung vorzunehmen. Nachdem sich Alex das ausgetüftelt hatte, unterbreitete sie Lauren ihre Theorie.

»Ja, genau das hab ich mir auch schon überlegt«, sagte Lauren. »Man muss kein Genie sein, um darauf zu kommen.« Sie langte hoch und nahm der Maske die Sonnenbrille ab. »Ich meine, was sollte ich damit schon anfangen? Schau dir das mal an!« Sie setzte sich die Brille auf die Nasenspitze und brachte Alex damit zum Lachen. »Die ist doch wirklich geschmacklos!«

»Vielleicht sollten wir damit zu Ms Quaid gehen«, sagte Alex. »Und alles erklären ...«

»Nein!« Lauren riss sich die Brille herunter.

»Sie glaubt bestimmt nicht, dass du sie genommen hast ...«

»Nein. Sie würde ein Riesentheater veranstalten und alles nur noch schlimmer machen.« Lauren schüttelte den Kopf. »Du hast doch selbst erlebt, wie sie sich heute Morgen aufgeführt hat. Also, kein Wort. Das ist mein voller Ernst!« Sie schaute Alex durchdringend an und wandte dann den Blick ab. »Ich will nicht, dass meine Mutter davon erfährt. Sie hat schon genug Sorgen.«

»Okay.« Alex zuckte mit den Schultern. »Wenn du meinst.«

»Ja, das mein ich.«

»Die werden das noch mal probieren. Das ist dir doch klar, oder?« Alex hob die Brille auf und schwenkte sie durch die Luft.

»Sollen sie doch.« Lauren hatte den Kopf auf die Knie gelegt, so dass ihre Stimme ganz gedämpft klang. »Ist mir doch egal.«

»Vielleicht ...«

»Vielleicht was?« Lauren schaute zu Alex hoch.

»Nichts, nur so eine Idee.« Alex stand auf und setzte die Brille wieder der Maske auf die Nase. »Hier ist sie erst mal sicher verwahrt.«

Lauren schlang die Arme um die hochgezogenen Knie und hielt ihr Gesicht weiterhin verborgen. Hinter den unvermittelten Ausbrüchen trotziger Feindseligkeit konnte Alex eine dumpfe Resignation spüren, die sie ganz hilflos machte. Mit einem Mal erkannte sie zu ihrer eigenen Verblüffung, dass sie Lauren ehrlich sympathisch fand. Sie wusste allerhand, war viel herumgekommen und hatte schon eine Menge erlebt. Im Vergleich zu ihr wirkten alle anderen Leute, die Alex kannte, plötzlich sehr langweilig und sie hätte gern mehr über Lauren erfahren. Jetzt war jedoch nicht der richtige Augenblick, um ihr das zu sagen. Das musste sich Alex betrübt eingestehen, als die Stille zwischen ihnen sich immer weiter ausdehnte. Lauren schwieg sich aus und hatte sich so abgeschottet, dass es aussah, als würden sie nie mehr miteinander reden.

»Lauren? Ihr sollt jetzt runterkommen. Mum sagt, das Essen ist fertig.«

Caroline, Laurens jüngere Schwester, kam ins Zimmer und starrte Alex mit unverhohlener Neugier an. Sie war klein für ihr Alter, dünn und zart gebaut. Alex wusste, dass sie etwa acht Jahre alt war, aber sie sah viel jünger aus. Ihre Haare waren so fein wie die eines Babys. Aus ihrem langen Zopf hatten sich einzelne Strähnen gelöst, die sich rings um ihr schmales, koboldhaftes Gesicht kräuselten und es wie ein Heiligenschein umrahmten. Ihre Kleidung bestand aus der verrücktesten Kombination, die Alex je gesehen hatte. Ein Laura-Ashley-Trägerkleid bauschte sich über einem T-Shirt in Übergröße. Darunter trug sie geblümte Leggings und an den Füßen winzige Doc Martens, die sie nicht zugeschnürt hatte.

»Okay, okay. Sag ihr, wir kommen gleich.« Als hätte sie geschlafen und wäre gerade erst aufgewacht, fuhr Lauren sich mit der Hand übers Gesicht. Dann erhob sie sich aus ihrer Sitzhaltung, ohne sich dabei mit den Händen abzustützen.

Alex wollte ihr das nachmachen, kippte aber um.

Caroline lachte. »Das musst du noch üben«, sagte sie. »Das ist Yoga.«

Alex trat aus der bedrückenden Stille von Laurens Zimmer, und während sie die Treppe hinunterging, überlegte sie sich, wie sie sich verdrücken konnte. Aber die Essensdüfte bewirkten, dass sie sich's anders überlegte. Vielleicht würde sie doch noch etwas essen, bevor sie ging. Das wäre sonst unhöflich, nachdem Mrs Price sich so viel Mühe gemacht hatte. Und außerdem hatte sie einen Bärenhunger.

Das Essen war sehr lecker und es gab von allem reichlich. Mrs Price plauderte in ihrer lebhaften Art und erkundigte sich nach Alex und ihrer Familie. Ihre Fragen waren so unbefangen, dass Alex allmählich lockerer wurde und richtig Spaß an der Unterhaltung bekam.

Auch Caroline erzählte viel. Nur Lauren saß stumm da und schob das Essen auf ihrem Teller hin und her. Sie unternahm keinen Versuch, sich an dem Gespräch zu beteiligen, und reagierte nur, wenn sie darum gebeten wurde, irgendetwas weiterzureichen.

Caroline hatte eine erstaunlich raue, tiefe Stimme und sie verfügte bei vielen Themen über eine vorgefasste Meinung, die sie mit großer Energie vertrat. Ihre Mutter musste sie bremsen, damit sie die Unterhaltung nicht total dominierte. Genau wie Helen, dachte Alex, die beiden sollten sich mal treffen. Und genau wie Helen hatte Caroline Spaß am Geschichtenerzählen.

»Alles erfunden«, stellte Lauren bissig fest. »Das fantasiert sie sich nur zusammen.«

»Gar nicht wahr!«, sagte Caroline und funkelte ihre Schwester böse an. »Diese Geschichte stimmt jedenfalls. Gemma und Tammy haben sie mir heute erzählt. Es geht dabei um einen Jungen, der Bailey heißt …«

Ein Bissen von ihrem Nachtisch blieb Alex fast im Hals stecken und sie musste schnell ein Glas Wasser trinken, damit er hinunterrutschte.

Caroline ignorierte die Unterbrechung. »Ja«, fuhr sie fort und kniff die hellen Augen zusammen, die vor Erregung funkelten. »Er war früher an unserer Schule, aber dann ist etwas Schreckliches passiert. Er ist auf eine ganz grässliche Art gestorben. In der Nähe der Schule ist doch dieses Brückendings. Von dort ist er runtergefallen, direkt auf die Straße, und die Autos sind über ihn drübergefahren, bis er nur noch Matsch war, der wie Erdbeermarmelade über die ganze Straße verschmiert –«

»Das reicht, Caroline!« Ihre Mutter hob mahnend die Hand. »Du weißt genau, dass ich es nicht mag, wenn du beim Essen solche Sachen erzählst.«

»So haben es die anderen aber doch erzählt, Mum«, gab Caroline empört zurück. »Und überhaupt, nicht alle Geschichten über ihn sind so. In einer Geschichte heißt es, dass er auf einen Lastwagen fiel. Er ist abgeprallt und auf und ab gehüpft, aber nicht runtergefallen. Und der Laster ist mit ihm weit, weit weggefahren und keiner hat ihn je wiedergesehen. Jedenfalls nicht im wirklichen Leben«, setzte sie hinzu. »Aber das glauben Gemma und Tammy nicht. Sie glauben, dass er gestorben ist und jetzt als Gespenst herumspukt.«

Sie schaute bedeutungsvoll in die Runde und senkte ihre heisere Stimme zu einem dramatischen Flüstern. »Er haust dort in der Schule. Ein Riesenhaufen Leute hat ihn schon gesehen, ganz oft. Die Schule hat ihr eigenes Gespenst. Ist das nicht cool? Die beiden haben mir sogar gezeigt, wo er wohnt.«

Caroline lehnte sich zurück, sah sie alle der Reihe nach an und ließ diese Information einwirken.

»Klingt ja wirklich interessant«, bemerkte ihre Mutter. »Alex, kannst du uns noch mehr darüber erzählen?«

Alex berichtete, was sie von diesen Geschichten wusste. Caroline mischte sich ständig ein, wusste alles besser und änderte so ziemlich jede Einzelheit ab.

»Davon ist jedoch kein Wort wahr«, stellte Alex abschließend fest.

»Doch!«, beharrte Caroline. »Jede Menge Leute haben ihn schon gesehen. Jede Menge. Und ich glaub denen und nicht dir!«

»Caroline!«, wies ihre Mutter sie scharf zurecht. »So reden wir nicht mit unseren Gästen.«

»Sie ist außerdem auch mein Gast«, sagte Lauren. »Also halt die Klappe. Erzähl weiter, Alex.«

»Das kann alles gar nicht wahr sein, weil er überhaupt nicht tot ist ...«

»Woher willst du das wissen?«, fiel ihr Caroline grob ins Wort.

»Ich weiß es, weil ...«

In diesem Augenblick klingelte das Telefon. Was Alex hatte sagen wollen, ging in der allgemeinen Unruhe unter, als Mrs Price aufstand und ans Telefon trat.

Kurz darauf kam sie wieder. »Das war Dad«, berichtete sie. »Er kommt heute erst spät. Seine Besprechung dauert länger, als er gedacht hat.«

»Wann kommt er denn?«, wollte Caroline wissen.

Ihre Mutter zuckte mit den Schultern. »Das weiß er nicht. Aber wir sollen nicht auf ihn warten.«

Diese Nachricht kam nicht gut an. An Carolines enttäuschtem Wutgeheul und Laurens nachdenklicher Miene konnte Alex unschwer erkennen, dass so etwas häufiger vorkam.

Mit einem tiefen Seufzer sah Mrs Price auf die Uhr. »Soll ich dich nach Hause fahren, Alex?«

Zehntes Kapitel

Beim Aufwachen registrierte Alex automatisch, dass Samstag war. Sie machte die Augen wieder zu, drehte sich auf die Seite und wollte weiterschlafen, aber es war schon zu spät. Heller Sonnenschein drang durch die Ritzen der Jalousie herein, unten brummte der Staubsauger, nebenan dröhnte Helens Radio und Jack schnurrte jetzt mit doppelter Lautstärke, seit er gemerkt hatte, dass sie wach war.

Noch ganz schlaftrunken dachte sie an gestern Abend zurück. Als Mrs Price sie zurückfuhr, war Alex müde gewesen und eigentlich ganz froh nach Hause zu kommen. Obwohl sie Lauren mochte, war es nicht einfach mit ihr. Und auch wenn sich zwischen ihnen so etwas wie Freundschaft zu entwickeln begann, befanden sie sich noch in einem Stadium, in dem ein falsches Wort alles zunichtemachen konnte.

Bei Caroline war sich Alex noch viel unsicherer. Und Mrs Price war zwar sehr nett, aber manchmal lächelte sie nur mit dem Mund, während die Augen sorgenvoll blieben. Genau wie Mum, dachte Alex, wenn sie so tut, als wäre sie quietschvergnügt und hätte alles im Griff, während in Wirklichkeit das Gegenteil zutrifft. Bei Lauren zu Hause herrschte eine spannungsgeladene Atmosphäre. Irgendetwas lag in der Luft, aber es wurde nicht darüber gesprochen. Im Vergleich dazu fand Alex ihre eigene Familie richtig entspannt, fast schon normal.

Als sie nach Hause kam, schienen sich alle zu freuen, dass sie wieder da war. Helen hatte einen Anfall von freundlicher Großzügigkeit. Sie hatte sich gerade einen neuen Nagellack gekauft und bot Alex an ihr die Nägel zu machen. Das hatte sie auch getan und sich dabei jeden boshaften Kommentar über ihre kurzen, abgekauten Fingernägel verkniffen. Dad hatte sie gefragt, wo sie gewesen war, und er hatte ihr tatsächlich zugehört, als sie Antwort gab. Und Mum hatte sich an Lauren und ihren Bildern der Aborigines sehr interessiert gezeigt.

»Du musst sie mal zum Essen einladen«, sagte sie. »Ich würde sie gern kennenlernen. Wie wär's in der nächsten Woche?«

Alex hatte bereitwillig zugestimmt, war aber doch froh gewesen, dass ihre Mutter nicht gleich morgen vorgeschlagen hatte. Es war schön, Zeit für sich zu haben und über die gestrigen Ereignisse in Ruhe nachdenken zu können. Zum Beispiel über das Gefühl, das sie in Laurens Zimmer zwischen all den Masken und Bildern überkommen hatte: ein Gefühl, dass sie etwas Neues entdeckte, an einem Anfang stand.

Plötzlich kam ihr ein neuer Gedanke in den Sinn. Sandis Sonnenbrille. Riesengroß und schwarz, mit einem rosa Gestell, das schräg nach oben verlief und mit großen Punkten verziert war. Alex sah vor sich, wie sie auf der Nase dieser grausigen Maske thronte. Dann sah sie Sandi damit und dann Andrea, deren eigene Sonnenbrille davon restlos in den Schatten gestellt wurde und die sich daher mit Sandis Brille schmückte. Sie hatten Lauren die Brille mit voller Absicht untergeschoben, damit sie Ärger bekam.

Es genügte nicht, sich nur in Gedanken mit ihren Fiesheiten zu beschäftigen. Und auch darüber zu reden reichte nicht aus. Ganz egal was Lauren gesagt hatte – man sollte solche Leute mit so etwas nicht durchkommen lassen. Irgendwer musste etwas dagegen unternehmen.

Als Helen zu ihrem Klarinettenunterricht ging und Alex hörte, wie sie die Treppe hinunterpolterte und die Haustür hinter sich zuschlug, stieg sie aus dem Bett und huschte in das Zimmer ihrer Schwester. Vorsichtig bahnte sie sich einen Weg durch das Chaos, und als sie gefunden hatte, was sie suchte, ließ sie sich im Schneidersitz auf dem Fußboden nieder.

»Alex? Alex! Warst du in meinem Zimmer?«

Helen marschierte auf Alex los, packte sie an den Schultern und schüttelte sie.

»Nein, natürlich nicht. Was sollte ich auf dieser Müllhalde schon wollen?«, log Alex mit empörter Miene. »Lass mich los, sonst sag ich's Mum.«

Helen nahm die Hände weg und Alex verzog sich außer Reichweite.

»Du *warst* da«, beharrte Helen und funkelte Alex böse an. »So was merke ich, du kannst dir deine Lügen also ersparen. Du warst in meinem Zimmer und hast in meinen Zeitschriften herumgewühlt.«

»Woran merkst du das? Eine ganze Armee könnte dort durchmarschieren, ohne dass sich ein Unterschied feststellen ließe.«

»Da bist du schwer im Irrtum.« Helen grinste triumphierend. »Nur solche Ordnungsfanatiker wie du merken den Unterschied nicht. Das ist mein Durcheinander und ich kenne es bis ins letzte Detail. Aber bei dir könnte ich jederzeit hereinkommen und du würdest nicht das Geringste merken.« Verächtlich schaute sie sich in Alex' perfekt aufgeräumtem Zimmer um. »Nur gibt's bei dir sowieso nichts Lohnendes zu finden.«

Sie ging zu der Schachtel, in der Alex ihre persönlichen Dinge verwahrte, und nahm den Deckel ab. »Warum schreibst du den Brief an Lisa nie zu Ende? Und wer«, fragte sie und hielt einen Zettel hoch, der mit ineinander verschlungenen Namen und Herzen vollgekritzelt war, »ist eigentlich David?«

Alex fiel über ihre Schwester her. Helen lachte, wehrte sie mit einer Hand ab, schleuderte sie dann herum und verdrehte ihr den Arm.

»Was hattest du in meinen Zeitschriften zu suchen?«, zischte sie und drückte noch fester zu. »Na? Na?«

»Ich wollte nur mal was nachsehen«, stieß Alex japsend hervor.

Helen ließ sie so plötzlich los, dass sie quer durchs Zimmer schoss.

»Ach ja? Und was?«

»Nichts.«

Aber als Helen mit ihren langen Armen wieder nach ihr griff, sagte Alex schnell: »Etwas zu einem Projekt, das wir in der Schule machen – über Ausgrenzung und Schikanen und so.«

»Und? Hast du was gefunden?« Helen musterte sie immer noch voller Misstrauen.

»Ja. Einiges.« Alex rieb sich den Arm und zuckte dabei schmerzlich zusammen.

»Hilft dir das weiter?«

»Ein bisschen.«

Helens Gesicht spiegelte einen Verdacht wider, der schließlich zur Gewissheit wurde.

»Ich finde, du solltest es Mum sagen.«

»Wieso?«, fragte Alex verblüfft.

»Weil sie es wissen sollte.« Helen verschränkte die Arme vor der Brust und schaute mit gerunzelter Stirn auf ihre Schwester hinunter. »Ich hab mir so was schon gedacht. Neulich, als du geweint hast, hätte ich dich fast darauf angesprochen.«

Alex sah sie erstaunt an und musste dann grinsen.

»Es geht nicht um mich. Ehrlich, Helen. Es ist jemand anderes.«

»Ach, lass den Quatsch.« Die Falten auf Helens Stirn vertieften sich nur noch mehr. »Ich bin's nicht, es geht um einen Freund? So leicht lass ich mich nicht abwimmeln.«

»Es geht wirklich nicht um mich. Ehrenwort. Es ist die Neue aus Australien. Die, bei der ich gestern zum Essen war. Ich hab doch von ihr erzählt.«

»Ach, stimmt ja«, sagte Helen verlegen. »Ich will nur nicht, dass dir so was passiert, das ist alles. Und da hab ich mir eben Sorgen gemacht.«

Sie wandte sich zum Gehen, drehte sich an der Tür aber noch mal um. »Alex?«

»Ja?« Sie schaute von der Zeitschrift auf, die sie vor Helens Zugriff versteckt hatte.

»Ganz egal was in den Jugendzeitschriften steht – halt dich da raus, sonst geht es auch noch gegen dich los. Was anderes kann ich dir nicht raten.«

Als Alex am Spätnachmittag mit einem Stapel Bücher aus der Bücherei nach Hause kam, klingelte gerade das Telefon. Ihre Mutter nahm ab und rief dann durch den Flur: »Für dich, Alex!«

»Oh, hallo, bist du's, Alex?«, fragte eine Frauenstimme. »Hier ist Jenny – Mrs Price. Laurens Mutter.«

»Ach, hallo. Ja, ich bin's – Alex.«

»Entschuldige die Störung. Aber ...« Mrs Price legte eine Pause ein und fragte dann hastig: »Sind Lauren und Caroline vielleicht bei dir?«

»Nein, leider.« Alex brach ab und dachte nach. Die Frage hatte ganz beiläufig geklungen, aber es war doch herauszuhören, dass Mrs Price sich Sorgen machte. »Ich hab sie nicht gesehen, tut mir leid.«

»Ach, ich dachte nur, sie wären vielleicht bei dir ...« Die Stimme verebbte.

»Ist etwas passiert, Mrs Price? Kann ich Ihnen irgendwie helfen?«

»Also, Lauren ist Caroline suchen gegangen, aber inzwischen müssten sie beide längst wieder hier sein.« Sie gab sich immer noch alle Mühe, die Sache herunterzuspielen, aber Alex konnte die Angst in ihrer Stimme hören. »Ehrlich gesagt mach ich mir jetzt doch Sorgen.«

»Wo sind sie hin?«, fragte Alex.

»Ein paar Freunde von Caroline haben sie abgeholt. Sie wollten in den Park. Und als es dann ein bisschen spät wurde, ist Lauren ihr nachgegangen, um sie zu holen. Aber beide sind nicht wieder aufgetaucht.«

»Vielleicht sind sie bei Carolines Freunden«, sagte

Alex. »Wissen Sie, mit wem sie zusammen war? Ich weiß vielleicht, wo sie wohnen.«

»Gemma und Tammy. Die sind längst zu Hause, ich hab mit ihren Eltern gesprochen. Sie haben keine Ahnung, wo meine beiden stecken können ... Ich dachte, dass sie vielleicht auf dem Rückweg bei dir vorbeigeschaut haben ...«

»Nein ...«

»Also, dann entschuldige bitte die Störung, Alex. Und wenn sie bei dir auftauchen, dann sag ihnen bitte, dass sie sofort nach Hause kommen sollen.«

»Ja, in Ordnung ...«, fing Alex an, aber noch bevor sie den Satz zu Ende sprechen konnte, hatte Mrs Price schon aufgelegt.

Alex stellte sich vor, wie sie allein zu Hause saß und sich Sorgen machte. Dabei fiel ihr ein, wie oft sie mit Lisa in irgendein Spiel vertieft gewesen war und darüber die Zeit vergessen hatte, während ihre Mutter halb wahnsinnig wurde vor Angst.

»Ich geh noch mal weg, Mum«, rief sie, während sie bereits nach ihrem Mantel griff. »Bin gleich wieder da.«

Sie fuhr mit dem Rad zur Schule. Dass sie im Park waren, konnte sie ausschließen. Aber Tammy James und ihre Schwester Elaine wohnten in einem Haus, dessen Rückfront an den Schulhof grenzte. Alex rief sich Carolines Geschichten von gestern Abend ins Gedächtnis zurück. Ihr war klar, woher sie die hatte. Die James-Schwestern waren ein bisschen seltsam und führten sich als eine Art selbst ernannte Hüterinnen des Bailey-Gespensts auf.

Als sie um die Ecke des Grundschulgebäudes bog, stieg sie automatisch ab. Vor ihr erstreckte sich der Schulhof. Bäume und verschiedene Gebäudetrakte warfen dunkle Schatten über die große, leere Fläche. Außer dem Quietschen ihres Fahrrads und ihrem eigenen Atmen war weit und breit kein Geräusch zu hören.

Der Schulhof war ihr vertraut und sie hatte ihn schon unzählige Male durchquert. Aber als sie sich jetzt auf den Weg machte, surrten ihre Fahrradreifen laut über den Boden, und ihre Schritte, die sonst im Lärm von tausend anderen Füßen untergingen, hallten ihr in den Ohren wider. Sie hielt an. Wenn sie weiterging, würde sich das unbehagliche Gefühl verstärken, das sie plötzlich beschlichen hatte. Das Gefühl, auf dem Präsentierteller zu sitzen, schutzlos preisgegeben. Ihre Nackenhaare sträubten sich und sie vermied instinktiv jeden Laut und jede Bewegung – alles, womit sie auf sich aufmerksam machen konnte. Vielleicht lauerte in den dunklen Schatten ein heimlicher Beobachter, der auf sie wartete ...

Unentschlossen stand sie da und schaute sich nach allen Seiten um. Wenn der Schulhof voller Menschen war, hatte sie noch nie bemerkt, dass die Ecken und Kanten der Gebäude so viele geheime Nischen bildeten, die jetzt alle tief im Dunklen lagen. Sie konnte förmlich hören, wie verborgene Wesen tuschelten und über sie kicherten.

Irgendwo auf einer Straße ertönte eine Autohupe und durchbrach die gespenstische Stille. Alex ging ein Stück weiter.

»Alex, Alex!«

Als sie den Ruf hörte, blieb sie wie angewurzelt stehen. Und dann erklang er ein zweites Mal. Eine dünne, klare Stimme rief nach ihr. Sie schaute sich um, wagte sich nicht zu rühren. Da hörte sie es wieder.

Ihr war, als wäre die Stimme in ihr und käme zugleich von außerhalb. Nicht ihre eigene Stimme und auch nicht so, als bildete sie sich das nur ein. Es war die Stimme eines anderen Menschen. Eine hohe Jungenstimme. Sie hatte sie schon seit Jahren nicht mehr gehört, erkannte sie aber auf Anhieb wieder. Es war Michael Bailey.

Elftes Kapitel

»Alex? Alex!«

Diesmal war es eine Mädchenstimme, warm und menschlich. Ein Atemhauch streifte Alex an der Wange und eine Hand rüttelte an ihrer Schulter.

»Alles in Ordnung mit dir? Was machst du da? Was soll das, dass du hier einfach so rumstehst? Was ist denn los?«

Als Alex sich umwandte, so langsam und schlaff wie im Traum, sah sie Lauren vor sich stehen. Am liebsten wäre sie ihr um den Hals gefallen, hätte sich an ihr festgekrallt und ihre Ängste hervorgesprudelt, aber das tat sie nicht.

Stattdessen sagte sie: »Deine Mutter hat angerufen. Sie hat sich Sorgen um euch gemacht, um dich und Caroline. Sie dachte, ihr wärt vielleicht bei mir. Aber ihr wart nicht da. Ich hatte eine Idee, wo Caroline sein könnte, und deshalb bin ich hierhergefahren.«

Während sie ihre Räder über den Schulhof schoben, erzählte sie Lauren von den James-Schwestern und den Geschichten, die sich um Bailey rankten. Jetzt kommt mir alles wieder ganz normal vor, dachte sie. Seit Lauren hier ist, sind all die seltsamen Dinge verschwunden.

»Ja«, sagte Lauren, »da könntest du Recht haben. Caroline liebt solche Sachen. Sie hält in ihrem Zimmer alles mögliche Gruselzeugs versteckt, zum Beispiel ein Ouija-Board, so ein Gerät zum Empfang von Geisterbotschaften. Mum würde ausrasten, wenn sie davon wüsste. Sie glaubt, Caro hätte einfach nur eine lebhafte Fantasie.« Lauren lachte und schüttelte den Kopf. »Caro ist so was von abgehoben, dass sie die meiste Zeit noch nicht mal hier auf diesem Planeten ist.«

Sie gingen um die Schule herum und kamen zu dem Zufahrtsweg, der zur Rückseite der gegenüberliegenden Häuser führte. Ohne ein Wort zu sagen, steuerten sie Baileys Werkstatt an. Die letzten Sonnenstrahlen fielen wie ausgestreckte Finger über die Mitte des staubigen Wegs und hoben die Unebenheiten in einem scharfen Kontrast hervor. Die beiden Mädchen warfen lange Schatten, die zu ungelenken Gestalten verzerrt wurden.

Als die Sonne hinter einer Häuserreihe versank, schwand auch das Licht, mit einer solchen Schnelligkeit, als hätte es jemand ausgeschaltet. Die dunklen Umrisse um sie herum verschmolzen ineinander und verloren ihre Konturen, so dass Sträucher, Mülltonnen und vereinzelte Bäume nicht mehr voneinander zu unterscheiden waren. Instinktiv rückten Alex und Lauren dichter aneinander heran.

Als sie die Werkstatt vor sich hatten und vorsichtig näher gingen, raschelte links neben ihnen etwas im Gebüsch. Sie hielten an und krallten sich aneinander fest. Und dann huschte ein kleiner, schwarz-weißer Kater hervor.

Vor ihnen auf dem Weg machte er kurz Halt, leckte sich eifrig das zerzauste Fell wieder glatt und schoss dann davon, hinter einem Geräusch her, das nur er hören konnte.

»Schau dir das an«, sagte Lauren. »Da putzt er sich mal so eben, als wäre er völlig ungestört.«

Sie mussten beide lachen.

Dann hob Alex den Kopf. »Hörst du das?«, fragte sie im Flüsterton und packte Lauren am Arm.

Lauren nickte. Sie blieben stocksteif stehen und lauschten einem tiefen, rhythmischen Dröhnen, das weithin hallte und zugleich gedämpft klang, wie ein lautes Geräusch, das man aus großer Entfernung hört. Aber in Wirklichkeit war das Dröhnen ganz nah.

Die beiden Mädchen drehten sich zu der Werkstatt des Hausmeisters um und starrten wie gebannt dorthin.

Direkt vor dem vermoderten Tor stand eine Mülltonne, ein riesengroßes Ding mit Rädern. Es hörte sich ganz so an, als wäre jemand in der Werkstatt, käme nicht mehr heraus und hämmerte mit den Füßen gegen die Wand.

Ein dünnes Stimmchen rief: »Lasst mich raus! Lasst mich raus!«

Lauren sprang mit einem gewaltigen Satz hoch und klammerte sich an der Mülltonne fest. Während sie sich daran hochzog, gelang es ihr, einen Blick in die Werkstatt zu werfen.

»Es ist Caroline!«, rief sie. »Hilf mir, Alex!«

Sie sprang wieder herunter. Mit vereinten Kräften schafften es die beiden Mädchen, die schwere Tonne beiseitezuschieben. Das Loch unten im Tor war wieder frei und Caroline krabbelte hindurch. Mit den Füßen voran kam sie daraus hervor. Ihre rosafarbenen Leggings und das Kleid waren voller Erde, das Gesicht dreckverschmiert. Die langen, blonden Haare waren verfilzt und verheddert und kleine Holzspäne und Stücke vom abbröckelnden Verputz hatten sich darin verfangen.

Lauren half ihr auf und putzte sie dann ab. Caroline gab keine Antwort auf die Fragen ihrer Schwester, hielt jedoch still und ließ die Prozedur mehr oder weniger ergeben über sich ergehen. Damit war Schluss, als Lauren auf ein Taschentuch spuckte und ihr damit das Gesicht abwischte.

»Moment mal«, sagte sie und befreite sich aus Laurens Griff.

Sie tauchte wieder in das Loch ab und verschwand in der Werkstatt wie ein Wiesel im Kaninchenbau. Gerade noch rechtzeitig zog Lauren sie am Hosenboden ihrer Leggings zurück.

»Caroline! Was soll das denn?«

»Ich hab mein Ouija-Board dort drin vergessen, Lauren«, rief Caroline und strampelte wild mit den Beinen. »Das muss ich holen.«

»O nein, das lässt du hübsch bleiben!« Lauren zerrte sie zurück, stellte sie auf die Füße und hielt sie am Schlafittchen fest. »Das bleibt hier. Du wirst es dir nicht holen und du wirst auch nie wieder mit so etwas spielen. Hast du verstanden?«

»Dann mach ich mir eben ein neues«, sagte Caroline trotzig. Aber mit einem Mal war jeglicher Kampfgeist in ihr erloschen. Sie fiel ihrer Schwester in die Arme und weinte.

»Hey«, sagte Lauren leise und führte sie weg. »Es ist ja alles gut. Wir sind da. Willst du uns nicht sagen, was passiert ist?«

Caroline schniefte und fuhr sich mit dem Ärmel über die Nase. Dann schaute sie auf. In ihren hellen Wimpern hingen Tränen und ihre Augen waren riesengroß und schienen nur noch aus Pupillen zu bestehen. Sie starrte Alex an, als hätte sie eben erst bemerkt, dass außer Lauren noch jemand da war.

»Das geht schon in Ordnung, Caro. Alex ist meine Freundin. Und deine auch. Sie hat mir gezeigt, wo ich dich finden kann.«

Alex lächelte ihr aufmunternd zu, aber Carolines Blick war alles andere als vertrauensvoll.

»Woher hat sie denn gewusst, wo ich war? Womöglich war sie mit dabei.«

Alex wollte protestieren, aber Lauren gab ihr ein Zeichen, dass sie still bleiben sollte.

»Wobei denn, Caro?«, fragte sie und schlang den Arm um ihre kleine Schwester.

»Bei denen, die mich dort drin eingeschlossen haben. Es haben auch andere aus ihrer Klasse mitgemacht. Diese große Blonde, die wie eine Nutte aussieht, und ihre hässliche kleine Freundin mit der Brille.« Caroline zog die Nase hoch. »Diese Schreckschrauben! Und ein paar Jungs waren auch dabei, aber die kenne ich nicht. Wir haben sie auf dem Schulhof gesehen. Dann hab ich sie draußen an der Werkstatt gehört, sie müssen uns nachgegangen sein. Sie haben gelacht und gekichert. Tammy haben sie rausgelassen, aber mich nicht. Sie haben dieses große Tonnendings vor den Eingang gestellt.«

»Aber was wolltest du überhaupt dort drin?«, fragte Lauren.

»Das war so eine Idee von Tammy und mir. Wir wollten mit dem Ouija-Board mit Michael Bailey reden.« Sie nahm einen Zipfel ihres T-Shirts und wischte sich damit über die Augen. »Und das hätte auch geklappt, wenn diese Typen uns nicht alles vermasselt hätten. Sie dachten, ich würde Angst kriegen. Ich hab gehört, wie sie darüber geredet haben – deshalb haben sie's nämlich gemacht. Aber ich hatte keine Angst. Ich wusste, dass Michael mir nichts tun würde. Aber dann wurde es dunkel und ich dachte schon, ich müsste die ganze Nacht dort drinbleiben und Mum und Dad würden sich Sorgen machen. Und dann würden sie von dem Ouija-Board erfahren und ich würde jede Menge Ärger kriegen. Ich war so froh, als du gekommen bist, Lauren. Du sagst ihnen doch nichts, oder?«

Lauren drückte sie ganz fest und ließ sie dann wieder los.

»Nein«, sagte sie, »aber nur unter einer Bedingung: keine Ouija-Boards mehr. Wenn ich merke, dass du wieder mit so was herumpfuschst oder mit sonst irgendwelchem Kram dieser Art – dann geh ich sofort zu Mum. Das ist mein voller Ernst.«

»Okay.« Caroline rang sich ein Lächeln ab. »Abgemacht.«

Sie gingen alle gemeinsam über den Schulhof, aber am Tor trennten sich ihre Wege und sie verabschiedeten sich. Bevor Alex sich auf den Heimweg machte, schaute sie sich noch einmal um. So spät am Abend sah das Gelände seltsam aus, ganz fremd und ungewohnt. Die spärliche Beleuchtung tauchte es in ein merkwürdig graues Pink. Es gab zwar kein Bailey-Gespenst, aber es hätte ohne weiteres eins geben können. Alex dachte an die Schülerhorden, die am Montagmorgen wieder hier herumlaufen würden. Wenn es jemals irgendwelche Leute verdient hatten, von Gespenstern heimgesucht zu werden, dann sie.

Zwölftes Kapitel

Normalerweise gehörte Alex Lewis nicht zu den wenigen Menschen, die sich auf den Montagmorgen freuen. Aber heute war sie hellwach, sowie sie die Augen aufgeschlagen hatte, und lag mit einem vergnügten Lächeln da.

Seit Lisa weggezogen war, hatte sie sich mühsam von einem Tag zum anderen geschleppt. Ihr Leben war ein einziges Grau gewesen, aber jetzt hatte es neue Farbtupfer bekommen. Es gab Dinge, auf die sie sich freute und die sie kaum noch erwarten konnte. Zum Beispiel zur Schule gehen und Lauren treffen. Am Sonntagnachmittag hatten sie telefoniert. Und sie hatten bis zum Abend geredet und geredet. Es war, als hätten sie nur dieses eine Telefonat, um sich gegenseitig kennenzulernen, und als Alex schließlich den Hörer auflegte, wusste sie, dass sie eine Freundin gefunden hatte.

Ihre Hochstimmung hielt den ganzen Vormittag an. Jetzt hatte sie jemanden, mit dem sie reden konnte, wenn sie sich vor Schulbeginn in einer Reihe aufstellten oder zur Schulversammlung in die Aula gingen. In der ersten Stunde holte sich Alex die Erlaubnis, mit Lauren in die Bücherei zu gehen, und in der Zwischenpause blieben sie dort und vertrieben sich die Zeit miteinander. Neugierige Blicke richteten sich auf sie, und wohin sie auch gingen, wurden sie von Getuschel begleitet. Aber ausnahmsweise machte es Alex nichts aus, so viel Aufmerksamkeit zu erregen. Jetzt war alles anders. Sollten sie doch glotzen.

In der Mittagspause stand Alex in der Schlange an der Essensausgabe, hielt einen Platz für Lauren frei und lächelte vor sich hin. Plötzlich bekam sie einen Tritt in die Kniekehlen und gleichzeitig verpasste ihr jemand einen solchen Stoß an die Schultern, dass sie gegen die Wand flog. Sie hörte Greg Simpsons Stimme und spürte seinen

Atem heiß an ihrem Ohr, als er ihr das Gesicht an den rauen Backstein presste.

»Scher dich ans Ende der Schlange, Lewis, und bleib gefälligst dort. Hoffentlich schmeckt dir, was du bekommst.« Er verdrehte ihr den Arm auf dem Rücken und schob ihn immer höher hinauf. »Wenn du nämlich nicht aufhörst dich mit diesem australischen Miststück abzugeben, wirst du dein Essensgeld in Zukunft an mich abtreten und es wird heute das letzte Mal sein, dass du hier was zu essen kriegst.«

Nach dieser Warnung lockerte Greg Simpson seinen Griff, zwar nur ein ganz klein wenig, aber doch genug, dass Alex ihn mit einem schnellen, kräftigen Stoß nach hinten überrumpeln konnte. Als sich ihr spitzer Ellbogen in die empfindliche Stelle unter seinen Rippen bohrte, krümmte er sich vor Schmerzen und ließ sie los. Sie fuhr herum und wollte ihm das Knie zwischen die Beine rammen, verfehlte aber ihr Ziel. Er packte sie am Bein und sie gingen beide zu Boden.

Alex war jetzt fuchsteufelswild. Die Heftigkeit ihres Angriffs brachte ihr einen Überraschungsvorteil ein, aber ihr blinder Zorn konnte auf Dauer nichts gegen seine überlegene Kraft und Masse ausrichten. Er legte sie flach auf den Rücken, hielt sie fest und bog ihr an der rechten Hand die Finger um. Dabei schrie er ihr ins Gesicht, dass sie sich ergeben solle. Die Schmerzen waren entsetzlich. Alex spürte Tränen aufsteigen, Tränen der Niederlage und der Demütigung, aber plötzlich lockerte sich sein Griff.

Wie von weit her hörte sie einen gellenden Schrei, der nicht von ihr stammte, und eine Stimme sagte: »Lass sie los, Simpson.«

Der Schrei ging in ein lang gedehntes Jammern über.

»Wird's bald!«, sagte die Stimme.

Gregs Griff lockerte sich noch mehr. Alex blinzelte sich die Tränen aus den Augen und allmählich konnte sie wieder klar sehen. Lauren stand neben Sandi, hatte sich ihre lange, blonde Mähne um die Hand gewickelt und zerrte so heftig an den Haaren, dass Sandis Kopf weit nach hinten geneigt war und ihr Hals sich nach oben wölbte.

»Loslassen, hab ich gesagt!« Lauren trat Greg kräftig in den Oberschenkel, um seine volle Aufmerksamkeit zu erhalten. »Wenn du Alex nicht sofort loslässt, reiß ich deiner Freundin büschelweise die Haare aus.« Sie ruckte an dem seidigen blonden Haar und drehte es brutal zusammen. »Ich mein's ernst. Wenn ich mit ihr fertig bin, hat sie eine Glatze!«

Die Kopfhaut wurde so straff nach hinten gezogen, dass Sandis Augen nur noch schmale Schlitze waren. Tränen liefen ihr übers Gesicht. Es war deutlich zu sehen, dass sie große Schmerzen hatte.

»Bitte, Greg, bitte«, stieß sie schluchzend hervor. »Hol sie von mir weg!«

Er gab Alex frei. Sie rappelte sich hoch und massierte sich die Finger, die ganz taub geworden waren. Als sie wieder auf den Beinen stand und offensichtlich unversehrt war, ließ auch Lauren los und gab Sandi einen Stoß, der sie vornüber in Gregs Arme beförderte.

»Da hast du sie!«, rief sie verächtlich. »Dabei hab ich keine Ahnung, weshalb du sie überhaupt willst, diese dumme kleine –«

»Jetzt ist's aber gut! Auseinander, auseinander!« Die dicke Frau von der Essensausgabe drängte sich durch die Menge. »Was geht hier vor?« Sie packte Lauren am Arm und ließ gleich wieder los, zutiefst erschrocken über die wüsten Beschimpfungen, mit denen Lauren auf ihr Eingreifen reagierte. »Du kommst mit! Marsch zum Direktor! Solche Ausdrücke dulden wir hier nicht.«

»Ich hab alles gesehen, Mrs Thomas«, meldete sich Andrea zu Wort. »Es waren Alex und Lauren, die haben angefangen ...«

»Halt die Klappe, Brillenschlange«, knurrte Lauren.

»Das reicht!«, fuhr Mrs Thomas sie an. Dann gab sie der schniefenden Sandi ein Taschentuch und schlug einen besorgten Tonfall an, als sie fragte: »Alles in Ordnung mit dir, Schätzchen? Ich versteh die Welt nicht mehr. Dass sich jetzt auch die Mädchen wie die Jungs prügeln!«

Sie seufzte empört auf und brachte mit wild fuchtelnden Händen zum Ausdruck, wie sehr sie das zur Verzweiflung trieb. »Ihr zwei kommt mit mir.« Mit einer groben Bewegung zog sie Alex und Lauren links und rechts zu sich heran. »Und du kommst am besten auch mit, Schätzchen«, sagte sie und legte beschützend den Arm um Sandi. »Und du auch, Greg Simpson.«

Sie zockelten hinter Mrs Thomas her. Als Zeugin des Vorfalls kam auch Andrea mit. Ms Quaid wurde aus dem

Lehrerzimmer geholt und zum Schulleiter ins Zimmer gebeten. Dort wurden sie dann einzeln hereingerufen. Das nahm so viel Zeit in Anspruch, dass sie den ganzen Rest der Mittagspause vor dem Direktionszimmer herumsaßen.

»Das ist ja wieder mal typisch!« Lauren schnaubte vor Empörung. »Ich wollte dir nur helfen und jetzt schreibt die Schule meinen Eltern einen Brief. Himmel noch mal! *Ich* bin doch diejenige, die schikaniert wird!«

»Von uns anderen werden die Eltern auch benachrichtigt«, stellte Alex sachlich fest. »Und du hättest Mrs Thomas nicht so beschimpfen dürfen.« Sie wollte einfach nur nach Hause und den Tag beenden, der so schön angefangen hatte und dann so schrecklich weitergegangen war. Alle Hoffnungen, die sie gehegt hatte, schwanden dahin. Lauren war wieder so wie am Anfang, voller Groll und Hass auf alles und jeden, Alex mit eingeschlossen. Sie konnte nur noch wild um sich schlagen. Und ihre Freundschaft war zu neu und ungefestigt, um einer solchen Belastung standzuhalten.

»Dann stimmt es also doch«, sagte Alex, als sie den Flur entlanggingen.

»Was stimmt?«

»Was man sich von den Australiern erzählt.« Alex lächelte ein bisschen, wollte Lauren aufheitern. »Dass sie ein übles Mundwerk haben.«

»Sei bloß still, Alex. Das ist nicht witzig.« Laurens Stimme wurde schrill; sie war den Tränen nahe. »Hier wird doch dauernd geflucht. Alle ohne Ausnahme keifen rum, fluchen wie die Bierkutscher und nehmen dabei die entsetzlichsten Ausdrücke in den Mund. Aber das ist in Ordnung, davon bekommen die Lehrer nichts mit. Nur wenn ich ein einziges Mal ...« Sie trat voller Wut gegen die Wand. »Diese Schule hier. Alle sind solche Heuchler. Das hasse ich so! Ich hasse, hasse, hasse alles hier.«

»Alex, Lauren!« Ms Quaid trat vor die Klasse und rief ihnen hinterher. »Ich würde gern mal mit euch reden. Kommt ihr bitte noch einen Augenblick herein?«

»Lauren.«

Keine Reaktion.

»Ich glaube, ich weiß, was da läuft.«

Immer noch keine Reaktion.

»Lauren.« Ms Quaid senkte die Stimme, sprach leise und freundlich. »Ich weiß, was sie mit dir machen. Ich hab nämlich Augen im Kopf. Ich weiß, was du durchmachst. Willst du mir nicht davon erzählen?«

Mit einer kurzen Kopfbewegung schleuderte sich Lauren die Haare aus der Stirn, starrte aber weiterhin unverwandt vor sich hin. Seit sie in die Klasse gekommen waren, hatte sie keinen Ton gesagt.

Die Lehrerin spielte mit den Stiften auf ihrem Pult und seufzte, als das Schweigen sich immer länger dehnte. »So etwas wie der Vorfall in der Mittagspause ist aber auch keine geeignete Lösung, nicht wahr?«, sagte sie schließlich. »Wenn du dich genauso aufführst wie sie, fällt das nur auf dich zurück und du handelst dir noch mehr Ärger ein. Und außerdem ...« – sie beugte sich über den Tisch und streckte Lauren in einer bittenden Geste die Hände entgegen – »wie soll ich den Direktor dazu kriegen, das, was dir widerfährt, ernst zu nehmen? Wenn er glaubt, dass du genauso schlimm bist wie sie, wird mir das nicht gelingen, nicht wahr? Nicht wahr, Lauren?«

Lauren saß unbeweglich da und ließ sich noch nicht mal anmerken, ob sie die Frage überhaupt gehört hatte. Die Lehrerin sah sie forschend an, und als Alex sich räusperte und zum Sprechen ansetzte, um dieses furchtbare Schweigen zu durchbrechen, egal womit, gab sie ihr ein Zeichen, dass sie still bleiben sollte.

Aus Laurens geschlossenen Augen quollen Tränen. Sie drangen aus den Augenwinkeln hervor, liefen ihr übers Gesicht und an der Nase entlang, bis sie schließlich von ihrem Kinn tropften und auf ihrem blauen Sweatshirt dunkle Flecken bildeten. Dieser unablässige Tränenfluss wurde von keinem Schluchzen begleitet und Lauren rang auch nicht nach Luft. Sie konnte so lautlos weinen, als hätte sie's geübt. Schließlich gab sie eine Art Schluckauf von sich und ihre Tränen versiegten. Sie fuhr sich mit dem Ärmel übers Gesicht und wühlte in ihrer Tasche herum.

»Tut mir leid«, murmelte sie wie zu sich selbst. »Tut mir leid.«

Ms Quaid griff in ihre Schublade. Alex spürte, dass ihr selbst die Tränen kamen, als die Lehrerin eine Packung Taschentücher hervorholte und sie Lauren reichte. Dann ging Ms Quaid zu Lauren hin, legte den Arm um sie und hielt sie fest.

»Nicht weinen. Du weißt doch, du bist nicht allein. Du hast mich und du hast Alex. Diese Sache hört auf – und zwar sofort. Das verspreche ich dir.«

Dreizehntes Kapitel

»Weißt du, was ich am meisten hasse?«, fragte Lauren. »Was ich bei der ganzen Sache am allerschrecklichsten finde?«

Sie waren auf dem Weg zu Lauren nach Hause und überquerten gerade die Kanalbrücke. Lauren sah Alex fragend an, aber Alex schüttelte den Kopf.

»Ich hasse es, dass sie aus mir einen ganz anderen Menschen machen. Früher habe ich solche Gefühle gar nicht gekannt. In meiner alten Schule hab ich mich nie so verhalten.« Sie zuckte mit den Schultern und bohrte die Hände tief in die Taschen. »Wenn man neu ist und niemanden kennt, geht das ganz schön aufs Selbstbewusstsein. Es ist, als würden mich die anderen zu jemandem machen, den ich überhaupt nicht kenne. Zu einem völlig anderen Menschen.«

»Was war das?« Alex blieb unvermittelt stehen. Eine Bewegung vor ihnen hatte sie abgelenkt. Sie warf einen schnellen Blick über die Schulter, um sich zu vergewissern. Dann fasste sie Lauren am Arm und flüsterte ihr zu: »Geh weiter, aber mach langsam. Ich glaube, man lauert uns auf.«

»Was?«, sagte Lauren verwirrt und schaute sich um.

»Dort vorn.« Alex wies mit einer Kopfbewegung in die Richtung. »Bei den Neubauten. Lauf zum Uferweg hinunter, sowie wir über der Brücke sind.«

Lauren kniff die Augen zusammen und schaute angestrengt nach vorn. Hinter einem dünnen Bretterverschlag entdeckte sie eine Gruppe von Jugendlichen, die in ihrem Versteck nur undeutlich auszumachen waren. Aber sie konnte erkennen, dass sie mit Latten bewaffnet waren, die sie sich von der Baustelle geholt hatten. Einer von ihnen schlug damit auf einen Baum ein. Zwei weitere trugen einen spielerischen Schwertkampf aus.

»Die beiden Schwertkämpfer sind die Riley-Zwillinge«, sagte Alex. »Der Dritte ist Malc Conway.«

»Und was heißt das?«

»Das heißt, dass sie Bridge Boys sind.« Alex drehte sich lässig um. »Und von hinten rückt Greg mit dem Rest der Bande an. Ich hab gerade gesehen, wie sie in Jubilee Gardens in Deckung gegangen sind. Jetzt lauf!«, zischte sie und fing an zu rennen. »Los!«

Im Nu waren sie unten auf dem Uferweg, der am Kanal entlangführte, und machten sich davon, versuchten ihre paar Sekunden Vorsprung so gut wie möglich zu nutzen.

Hinter ihnen hallten Schritte über den Weg und auf der hohen, baumbestandenen Böschung über ihnen ging Geschrei los. Die Riley-Zwillinge und Malc Conway brachen durchs Unterholz, um ihnen den Weg abzuschneiden. Dabei schrien und johlten sie wie die Statisten im Film, wenn sie eine tobende Menge darstellen.

Der Weg folgte dem weiten Bogen des Kanals. Auf der ganzen Strecke holte Greg Simpson ständig auf. Der Abstand zwischen ihnen wurde unablässig kleiner. Alex rang nach Luft, versuchte gleichmäßig zu atmen und musste gegen den ersten Schmerz von Seitenstichen ankämpfen. Sie liefen, so schnell sie nur konnten, aber Greg war schneller. Er brauchte keine Angst zu haben, er hatte alles unter Kontrolle und er war der beste Läufer der Schule, war beim Geländelauf für die Grafschaft angetreten. Schon bald würde er so nah herangekommen sein, dass er die anderen wie ein Rudel Jagdhunde auf sie hetzen konnte.

Lauren war ein ganzes Stück vor ihr, fast außer Sichtweite hinter der nächsten Biegung. Sie lief locker, mit gut trainierten, fließenden Bewegungen. Hoffnung keimte in Alex auf. Lauren war größer als sie und mit ihren längeren Beinen hatte sie eine Chance, der Bande zu entkommen.

»Lauf weiter«, keuchte sie, als Lauren anhielt und auf sie wartete. »Bieg bei der nächsten Brücke ab.« Sie beugte sich vor, stützte sich auf den Oberschenkeln ab und rang keuchend nach Luft. »Dort gehen Leute von der Radley-Schule rüber. Misch dich unter sie und bleib mit ihnen zusammen, bis du zu den Geschäftsstraßen kommst. Dort bist du in Sicherheit.«

Von oben erklang ein Ruf, mit dem Malc den anderen verkündete, dass sie angehalten hatten. Sie schauten hoch und sahen, dass er die Böschung in großen Sätzen herunterkam und die Strecke diagonal abkürzte. Die Zwillinge blieben ihm dicht auf den Fersen. Greg verständigte sich mit ihnen durch Zuruf. Seine dröhnenden Schritte waren jetzt schon ganz nah. Die Meute rückte von allen Seiten heran.

»Los!«, drängte Alex. »Du kannst es schaffen, du läufst schneller als ich.«

»Nein«, sagte Lauren schlicht.

»Du musst aber!«, sagte Alex. Sie war so verzweifelt, dass sie fast geweint hätte. »Die bringen uns um, wenn sie uns erwischen.«

»Dann sollten wir uns nicht erwischen lassen. Los, komm!«, sagte Lauren und packte sie an der Hand. »Es ist nicht mehr weit, du wirst schon sehen.«

Lauren lief wieder los und Alex raffte all ihre Kraft zusammen und folgte ihr. Ihre Beine waren wie aus Gummi und die Brust brannte wie Feuer. Es war hoffnungslos. Sie würden es nie und nimmer bis zur Brücke schaffen. Da konnten sie ebenso gut auch gleich stehen bleiben und sich der Situation stellen.

»Nur noch bis da vorn. Das schaffst du, Alex!«, rief Lauren über die Schulter.

Als sie um die Ecke bogen, blieb sie so unvermittelt stehen, dass Alex gegen sie prallte.

»Schau her!«, sagte sie und zeigte mit dem Finger.

Alex wischte sich den Schweiß aus den Augen, strich die Haare aus dem Gesicht und fragte sich, was es hier zu sehen gab.

»Boote!«, rief Lauren. Sie sprang mit einem Satz auf das erstbeste und zerrte Alex hinter sich her.

Mehrere Boote warteten darauf, durch die Schleuse zu fahren. Auf dem Boot, auf das sie gesprungen waren, stand vorn ein älterer Mann mit einer Kappe auf dem Kopf. Er trug Shorts und ein enges T-Shirt, unter dem sich seine Speckwülste abzeichneten. Bei der plötzlichen Bewegung des Boots fuhr er erschrocken zusammen und drehte sich um.

»Hey!«, sagte er und kam über den schmalen Streifen neben dem Kajütaufbau auf sie zu. »Was treibt ihr denn hier? Muriel!«, rief er und schlug auf das Kajütdach. »Sieh dir das an! Wir haben zwei blinde Passagiere!«

Die kleine Tür ging auf und eine Frau mit rosa Shorts und einem rückenfreien Top kam heraus. Ihre helle Haut quoll unter den Trägern hervor, als sie die Arme vor der Brust verschränkte und die beiden Eindringlinge mit starrem Blick musterte.

»Guten Tag«, fing Lauren an, bevor die Frau etwas sagen konnte.. »Ich heiße Lauren. Ich komme aus Australien«, fügte sie erklärend hinzu. Dabei wurde ihr Akzent deutlich stärker und ihr Lächeln immer strahlender. »Als ich Sie da unten gesehen habe, bin ich den ganzen Weg gerannt. Hoffentlich störe ich Sie nicht, aber ich musste mir Ihr Boot einfach ansehen. Ich hab schon so viel davon gehört, aber ich habe noch nie eins aus der Nähe gesehen – nur auf Bildern.«

»Es ist eine Barkasse«, sagte der Mann, immer noch misstrauisch.

»Früher hießen die Beiboote eines Kriegsschiffs so«, erklärte seine Frau, behielt ihre steife Haltung aber bei. »Sie waren mit zwei Masten ausgerüstet, aber jetzt meint man natürlich ein Motorboot damit.«

»Ach ja?« Lauren strahlte übers ganze Gesicht. »Wie faszinierend!«

»Und deine Freundin?« Der Mann zeigte auf Alex. »Ist sie auch aus Australien?«

»Nein«, sagte Lauren und schüttelte den Kopf. »Sie kommt hier aus der Gegend, stimmt's, Alex?«

Alex nickte. Sie war immer noch außer Atem, aber sie brachte ein Lächeln zu Stande und allmählich legte sich ihre Angst.

Greg Simpson kam mit seiner Gang um die Ecke gestürmt, voller Vorfreude auf das große Schlachtfest. Als sie Alex und Lauren auf dem Boot sahen, blieben sie stehen und starrten zu ihnen hin. In stummer Wut ballte Greg die Fäuste. Die anderen schauten sie mit offenem Mund an und waren sichtlich verwirrt.

»Sind das Freunde von euch?« Der Mann betrachtete die Jungen mit unverhohlenem Misstrauen.

»Wer?« Lauren drehte sich zu ihnen um. »Die hab ich noch nie gesehen. Kennst du sie, Alex?«

Alex schüttelte den Kopf. Der feindselige Blick des Mannes wurde eindeutig bedrohlich und die Jungen wichen davor zurück. Während Lauren sich interessiert nach allem Möglichen auf dem Boot erkundigte, traten sie den Rückzug an.

»Innen hat man eigentlich ganz schön Platz.« Die Frau machte die Tür auf, damit sie einen Blick in die Kajüte werfen konnten. »Mein Bruder lebt in Adelaide«, erzählte sie Lauren. »Aus welcher Gegend von Australien kommst du denn?«

»Aus Perth«, antwortete Lauren.

Das Boot vor ihnen machte sich auf den Weg durch die Schleuse. »Los, Muriel«, rief der Mann und lief, so rasch er konnte, wieder nach vorn. »Wir sind dran. Schnell an die Pinne. Du kannst jetzt nicht rumstehen und ein Plauderstündchen abhalten.«

Er nahm wieder seine vorherige Position vorn im Boot ein. »Wollt ihr mit anpacken?«, rief er.

»Ja, klar. Was sollen wir machen?«, rief Lauren zurück.

Sie halfen dem Paar durch die Schleuse, sprangen hin und her, bedienten dieses und jenes. Das machte solchen Spaß, dass Alex Greg Simpson einige Minuten lang vergaß.

An der Brücke gingen sie von Bord und kletterten zur Straße hoch. Dann überquerten sie die Brücke. Dabei machten sie kurz Halt, beugten sich übers Geländer und winkten den beiden zum Abschied zu.

Sie mischten sich unter die Schülerhorden, die aus der Radley-Gesamtschule strömten. Alex entdeckte Helen und stellte sie Lauren vor. Von den Bridge Boys war weit und breit nichts zu sehen. Sie waren also in Sicherheit, jedenfalls für diesmal.

Auf dem Rückweg schwebte Lauren förmlich dahin und unterhielt Helen mit der Geschichte ihres Triumphs. Alex steuerte kaum ein Wort dazu bei. Laurens kühner Sprung auf das Boot und die Vorstellung, die sie zum Besten gegeben hatte – das alles hatte ihr die Sprache verschlagen. Es war so unerwartet gewesen, dass Lauren plötzlich Charme versprühte und so strahlend lächelte. Nichts von dem, was sie über Lauren wusste, hatte sie darauf vorbereitet. Sie selbst hätte sich lieber Greg

Simpson ausgeliefert, sich in Stücke reißen und den Fischen zum Fraß vorwerfen lassen, als zu wildfremden Leuten aufs Boot zu gehen.

»Puh!«, sagte Helen, nachdem sie sich am Ende der Straße von Lauren verabschiedet hatten. »Sie ist ganz anders, als du sie beschrieben hast, Alex. Bist du sicher, dass du sie richtig einschätzt?«

Vierzehntes Kapitel

Als Alex am nächsten Tag nach der Schule auf dem Schulhof stand und an nichts Böses dachte, traten Sandi und Andrea zu ihr.

»Wir müssen dir was sagen«, sagte Sandi.

»Ja«, mischte sich Andrea ein, »über deine Freundin.«

Alex stellte sich ihnen gegenüber, verschränkte die Arme vor der Brust und schwieg.

»Sie lügt und stiehlt nämlich«, fuhr Sandi fort.

»Genau«, bestätigte Andrea. Und wie aufs Stichwort fügte sie hinzu: »Sie hat Sandis Sonnenbrille geklaut.«

»Ach ja?« Alex kräuselte verächtlich die Lippe. »Woher wollt ihr das wissen?«

»Wir können's beweisen!«, krähte Andrea. »Ich hab sie dabei erwischt.«

»Und wir gehen deshalb zu Ms Quaid. Wenn du ihre Freundin bleibst, werden alle glauben, dass du genauso bist. Du wirst dir durch sie ganz schön Ärger einhandeln, Alex.«

»Ja, du wirst dir Ärger einhandeln, Alex«, echote Andrea. Sie plapperte alles nach wie ein Papagei.

»Vielen Dank für die Warnung«, sagte Alex spöttisch. »Aber ich bilde mir meine eigene Meinung über meine Freunde. Und überhaupt« – sie sah die beiden nachdenklich an –, »vielleicht hab ich euch ja auch was zu sagen …«

»Was willst du schon wissen?«, fragte Sandi.

»Über Greg.«

»Was denn zum Beispiel?«

»Ach, dass er Lauren gefragt hat, ob sie mit ihm gehen will, und sie hat ihn abblitzen lassen.«

»So ein Quatsch!«, schrie Andrea. »Er kann sie nicht ausstehen!«

»Da hab ich aber was anderes gehört …« Alex lächelte. »Mir hat man gesagt –«

»Das ist gelogen!«, fiel Andrea ihr ins Wort. »Wer würde auf die schon stehen?«

Zum Beispiel Greg, dachte Alex, und Sandi weiß das auch. Diese Erkenntnis war ihr gekommen, als Sandi schrie: »Halt die Klappe, Andrea!« Ihr Gesicht nahm dabei den gleichen Farbton an wie ihr rosarotes Kleid.

»Fragt ihn doch selbst«, sagte Alex, aber mit einem Mal schwand ihre Selbstsicherheit. »Da kommt er.«

Sie wusste, dass die beiden ihn nicht fragen würden. Und sie selbst würde auch nichts sagen. Mit Sandi und Andi wurde sie locker fertig, vor ihnen hatte sie nicht die geringste Angst, aber bei Greg war das anders. Sie wusste instinktiv, dass man ihn mit so etwas nicht aufziehen durfte. Das wäre ungefähr genauso vernünftig wie einen bissigen Rottweiler zu ärgern.

»Ihr habt es ihr gesagt?«

Die beiden Mädchen nickten.

»Was sollen sie mir gesagt haben?«, fragte Alex unschuldig.

»Dass du von ihr wegbleiben sollst, Lewis.« Greg Simpson baute sich dicht vor ihr auf und fasste sie leicht an den Schultern. »Wir sagen dir das ein allerletztes Mal. Und das ist keine Warnung, sondern ein Befehl.«

Seine Augen hatten eine seltsam graubraune Farbe und sahen aus wie blank polierte Steine: genauso hart, ausdruckslos und leer, so als wäre niemand daheim. Er packte jetzt fester zu und drückte, bis sich seine Daumen wie stahlharte Eisenstäbe tief in das weiche Fleisch unter ihrem Schlüsselbein bohrten. Und dabei sah er die ganze Zeit auf sie hinunter, voller Selbstherrlichkeit und in dem sicheren Wissen, Angst und Schrecken verbreiten zu können.

»Jetzt hör mal genau zu. Die Sache gestern galt ihr, nicht dir. Aber wenn du dich weiter mit ihr abgibst, bist du in Zukunft genauso mit dran. Da kommt einiges auf dich zu. Das kann ich dir versichern. Alles klar?«, sagte er und schubste sie von sich weg. »Hast du kapiert?«

Mit einer knappen Kopfbewegung gab er dem Rest seiner Gang das Kommando zum Abmarsch. Als die Bridge Boys gingen, zockelten Sandi und Andrea hinter ihnen her.

»Was wollten die von dir?«, fragte Lauren, die mit Caroline im Schlepptau ankam.

»Das Übliche«, sagte Alex. »Was hast du denn gedacht?« Sie sah ihnen nach, wie sie großspurig davonstapften. Die Drohung war ernst gemeint. Es musste etwas geschehen, und zwar schnell, sonst steigerte sich das immer mehr, bis es schließlich so eskalierte wie damals bei Bailey.

»Hat er dich wirklich gefragt, ob du mit ihm gehen willst?«, fragte Alex und rieb sich die schmerzende Schulter.

Lauren schoss die Röte ins Gesicht. »Ja ...«, murmelte sie.

»Und du hast ihn abblitzen lassen?«

»Ja, aber das hätte ja doch wohl jede getan!«

»Was hast du denn genau gesagt?«

»Ich hab ihm gesagt, dass ich lieber mit einem tollwütigen Hund gehen würde als mit ihm«, sagte Lauren mit ihrer klaren, festen Stimme.

Alex schaute sie bewundernd an. »Da besteht im Grunde kein großer Unterschied«, sagte sie und grinste.

»Das stimmt.« Lauren lachte. »Jetzt komm, gehen wir.«

»Sandis Sonnenbrille – du weißt schon«, sagte Alex, als sie das Schulgelände verließen. »Könntest du sie morgen mitbringen? Ich glaub, ich hab da eine Idee. Willst du nicht bei uns essen? Dann kann ich dir alles erklären.«

Am nächsten Morgen traf sich Alex auf dem Schulweg mit Lauren. Sie lieferten Caroline heil und sicher in der Grundschule ab, aber als sie zum Schulhof der älteren Schüler wollten, warteten dort die Bridge Boys an der Mauer. Auch Sandi und Andrea waren mit von der Partie.

»Wo wollt ihr denn hin?«, knurrte Greg Simpson.

»In die Klasse«, sagte Alex ruhig.

»Irrtum. Erst haben wir was zu erledigen.«

Die anderen drängten sich um sie herum, so dass sie für Außenstehende wie eine ganz gewöhnliche Clique aussahen.

»Ach ja? Und was?«, fragte Alex.

»Sandis Sonnenbrille. Hast du ihr nichts davon gesagt?« Greg wandte sich Lauren zu und lachte schadenfroh. »Wir wissen, dass du sie genommen hast.«

»Ich hab keine Ahnung, wovon du überhaupt redest«, gab Lauren zurück. »Was sollte ich mit ihrer geschmacklosen, billigen Sonnenbrille schon anfangen?«

Mit aller Macht konzentrierte sie sich darauf, nicht die Nerven zu verlieren. Sie starrte die anderen unverwandt an und hoffte, dass sie den Blick zuerst abwenden würden. Aber unwillkürlich fuhr sie mit der Hand an die Manteltasche, in der die Sonnenbrille steckte. Die Brille kam ihr auf einmal sehr schwer vor. Und nicht sicher genug verwahrt, so als könnte sie von sich aus herausfallen.

»Versuch gar nicht erst zu leugnen«, höhnte Greg. »Du wurdest auf frischer Tat ertappt.«

»Ja.« Andrea baute sich an seiner Seite auf. »Und zwar von mir. Außerdem hab ich dich am Wochenende damit gesehen. Du hattest sie auf«, fügte sie hinzu, um die Sache perfekt zu machen.

»Unmöglich! Ich hab doch –« Lauren brach unvermittelt ab, als ihr klar wurde, dass sie sich um ein Haar verraten hätte.

»Seht ihr! Seht ihr!«, krähte Andrea. »Sie hat die Sonnenbrille! Das ist der Beweis!«

»Das beweist überhaupt nichts, Andrea«, mischte sich Alex schnell ein. »Man kann sie unmöglich mit etwas gesehen haben, was sie gar nicht hat, nicht wahr?«

»Ja, aber –«, fing Andrea an.

»Halt die Klappe, Andi«, fauchte Sandi. »Wir wissen, dass du sie hast.« Sie zeigte mit ausgestrecktem Finger auf Lauren. »Glaub bloß nicht, du kannst sie behalten. Du musst sie mir wiedergeben.«

»Nein.« Greg verschränkte grinsend die Arme vor der Brust. »Du willst doch wohl nicht das Risiko eingehen, dich an den Pickeln in ihrer fettigen Visage anzustecken?«

Sein Gefolge fing pflichtschuldigst an zu kichern.

»Und deshalb«, fuhr Greg fort, »wird sie dafür bezahlen. Ist doch in Ordnung so, Sandi, oder?«

»Ja. Ich verlange Schadensersatz.«

»Also ...« Greg spuckte aus und rieb die Spucke mit dem Absatz in den Boden, während er so tat, als müsste er über den Preis nachdenken. »Ich schätze, ein Zehner kommt hin. Was meinst du? Fünf Pfund von jeder.«

Alex schnappte nach Luft, als sie diesen Betrag hörte. Lauren starrte ihn sprachlos an.

»Und die Knete ist morgen fällig«, fuhr Greg fort. »Jeder Tag Verspätung kostet euch ein Pfund mehr. Sonst ...«

»Was sonst?«, stieß Alex mühsam hervor.

»Sonst«, sagte Greg und grinste noch breiter, »machen wir euch platt, und zwar alle beide.« Er rückte so dicht an Alex heran, dass ihr sein übel riechender Atem ins Gesicht schlug. »Du weißt doch noch, was mit Bailey passiert ist? Und er hatte keine kleine Schwester, um die er sich Sorgen machen musste, nicht wahr?« Er trat zurück und richtete den ausgestreckten Zeigefinger wie eine Pistole auf sie. »Morgen. Genau hier. Und wehe, ihr habt das Geld nicht dabei.«

»Es wird alles gut, du wirst schon sehen. Jetzt beruhige dich doch erst mal«, sagte Alex, als Greg mit seinem Gefolge abgezogen war.

»Ich weiß nicht, Alex. Ich meine, die Brille steckt hier in meiner Tasche. Was soll ich machen, wenn sie zu Ms Quaid gehen und ...«

»Das tun sie nicht. Es kommt alles wieder in Ordnung, nur keine Sorge.« Alex lächelte ihr aufmunternd zu. »Der Plan ist spitze. Vertrau mir.«

Lauren musterte Alex mit finsterem Blick unter gerunzelten Augenbrauen hervor, die einen einzigen schwarzen Strich bildeten. Ihr altes Misstrauen kehrte wieder zurück.

»Wieso sollte ich?«

»Weil ich deine Freundin bin«, sagte Alex schlicht. »Und zwar die einzige, die du hast. Ich zieh das mit dir durch. Wenn dir das solche Bauchschmerzen macht, kannst du die Brille ja mir geben.« Sie streckte die Hand aus.

Lauren fischte die Sonnenbrille aus ihrer Tasche. »Bist du sicher?«, fragte sie.

»Klar bin ich sicher. Mach schnell, Ms Quaid kommt schon. Der Plan funktioniert, Lauren. Ganz bestimmt.«

»Geh du in die Klasse«, sagte Alex, als sie den verlassenen Garderobenraum betraten.

»Was?«

»Du hast mich schon verstanden. Geh rein. Es bringt doch nichts, wenn wir beide erwischt werden. Ich brauch nur einen Augenblick.«

Lauren sah Alex unentschlossen an. »Also gut«, sagte sie schließlich und wandte sich zum Gehen. Dann lächelte sie. »Ich schätze, ich hab wirklich Vertrauen zu dir.«

»Das ist schön«, sagte Alex und erwiderte das Lächeln. »Jetzt geh.«

Alex kam als Letzte in die Klasse. Als sie sich an ihren Tisch setzte, rückte Josie betont von ihr ab und schob ihre Sachen mit einer weit ausholenden Handbewegung zum äußersten Rand ihres Pults.

»Ihr solltet euren Kram im Auge behalten«, flüsterte sie den Jungen auf der gegenüberliegenden Seite zu. »Hier wird geklaut, wenn man nicht aufpasst.«

Die Klasse 7 Q hatte in der ersten Stunde Sport. Wie immer kehrten sie zu spät vom Spielfeld zurück und schubsten sich in der Eile gegenseitig aus dem Weg, als sie wieder ihre normalen Sachen anzogen – die Jungen in der Klasse, die Mädchen im Garderobenraum. Kurz vor dem Klingeln ertönte aus der hintersten Ecke ein Jammerschrei.

»Ms Quaid!« Alex Lewis kam barfuß angehüpft, stellte immer nur einen Fuß auf den kalten Boden. »Mir fehlt eine Socke!«

Alles stöhnte. Die Socke konnte wer weiß wo sein.

Eine gründliche Suche konnte die ganze Pause in Anspruch nehmen. »Bist du sicher?«, fragte Ms Quaid und strich sich die kurzen roten Haare aus der Stirn. »Hast du richtig nachgesehen?«

»Ja, Ms Quaid. Ich hab schon überall gesucht.« Alex schaute todunglücklich zu ihr auf. »Die Socken sind noch ganz neu, Miss. Meine Mutter bringt mich um, wenn ich eine davon verloren habe. Und ich kann doch auch nicht den ganzen Tag barfuß rumlaufen.«

»Du könntest doch deine Sportsocken anziehen«, schlug Ms Quaid vor.

Alex protestierte heftig.

»Die sind patschnass, total durchweicht«, jammerte sie. »Vielleicht hat sie ja jemand aus Versehen eingesteckt. Können wir nicht schnell mal nachsehen?«

»Ach, na gut.« Ms Quaid stieß einen ungeduldigen Seufzer aus, als sie die Chance auf einen Pausenkaffee dahinschwinden sah. »Also los, macht mal alle eure Taschen auf. Wie sieht deine Socke denn aus, Alex?«

»So«, sagte sie und hielt ein einzelnes weißes Umschlagsöckchen in die Höhe. »Von *Marks and Spencer.*«

Sie durchsuchte Melanies Tasche und ging dann zu Andrea weiter, wühlte unter ihren Turnschuhen herum und zog ein Knäuel aus verschiedenen Socken und einige durchgeschwitzte alte T-Shirts hervor. »Das könnte sie sein«, sagte sie und hielt eine Socke hoch. »Ach nein, doch nicht, entschuldige. Hey, was ist das denn?«

Als sie die zusammengeknüllte Socke ausschüttelte, fiel ein rosa-schwarzer Gegenstand daraus hervor und landete mit lautem Klirren auf dem Boden. Alex bückte sich danach. »Ist das nicht Sandis Sonnenbrille, Ms Quaid? Die ihr abhandengekommen ist?«

Die Ungeduld, die sich auf Andreas Gesicht spiegelte, schlug in fassungsloses Entsetzen um. Die Augen hinter den dicken Brillengläsern waren weit aufgerissen. Ihre vorstehenden Zähne wurden sichtbar, als sie die schmalen Lippen zu einem nervösen Grinsen verzog, das jedoch zur Grimasse geriet.

»Sandi? Ist das deine?« Ms Quaid hielt die Sonnenbrille hoch. »Wie kommt die hierher? Andrea? Was weißt du darüber?«

Sandi nickte und starrte mit zusammengekniffenen Augen an der Lehrerin vorbei zu Andrea hin. Die Klingel ertönte, und als Ms Quaid sich umwandte und die Klasse entließ, formte Sandi lautlos die Worte: »Du bist tot, Andrea Bowman!«

Ms Quaid, die Sonnenbrille in der Hand, trieb die beiden Mädchen vor sich her in die Klasse und alle anderen nach draußen in die Pause. Alex humpelte davon, um die Socke aus ihrem Versteck zu holen. Lauren trat zu ihr.

»Hab ich's nicht gesagt?« Alex zog sich grinsend ihre Socke an. »Das ist doch toll gelaufen, nicht?«

»Ja.« Lauren erwiderte das Grinsen. »Wie bist du gerade auf sie gekommen?«

»Ich weiß, wie Sandi und Greg vorgehen. Wenn Andrea als Zeugin auftreten sollte, war es ihre Aufgabe, dir die Brille unterzuschieben. Und außerdem«, fügte Alex hinzu und griff nach ihren Schuhen, »hat sie die Sonnenbrille oft aufprobiert, hat sie über ihrer eigenen

Brille getragen oder ist blind wie ein Maulwurf nur mit der Sonnenbrille umherstolziert. Sie macht sich dauernd an Sandis Sachen zu schaffen. Das hat mich überhaupt erst auf die Idee gebracht. Vielleicht glauben sie ja, dass Andrea die Sonnenbrille genommen hat. Keiner von ihnen kann sie so besonders leiden.«

»Ich dachte, sie wären beste Freundinnen – du weißt schon, Sandi und Andi«, sagte Lauren.

»Nicht wirklich. Andrea glaubt es, aber Sandi mag nur Sandi und sonst niemanden auf der Welt. Sie duldet Andrea in ihrer Clique, weil es ihr gefällt, wie sie vor ihr kriecht. Womöglich wird Andrea ihr nächstes Opfer.« Alex stieß ein Lachen aus, das nicht im Geringsten fröhlich klang. »Ich möchte nicht an ihrer Stelle sein.«

»Aber was ist, wenn sie nicht glauben, dass sie's war – wenn sie glauben, dass wir es waren?«

»Das ist egal. Sie würden trotzdem Andrea die Schuld dran geben, dass die Sache nicht geklappt hat. Und mit der Sonnenbrille können sie dich jetzt jedenfalls nicht mehr erpressen, stimmt's?«

»Stimmt.« Lauren lächelte. »Das hast du dir schlau ausgedacht, Alex!«

»Na ja, sei dir nicht allzu sicher«, warnte Alex, während sie sich die Schnürsenkel zuband. »Es ist noch nicht vorbei. Greg Simpson schert sich einen Dreck um Andrea oder die Sonnenbrille. Er macht das, weil er Spaß daran hat, andere zu quälen. Und wenn er glaubt, dass er uns Geld abknöpfen kann, wird ihn das nicht davon abhalten. Der Vorfall eben wird ihm nicht gefallen. Wir sollten auf alles gefasst sein. Schade, dass David nicht da ist«, fügte sie hinzu und stand auf. »Dann hätten wir wenigstens einen Verbündeten.«

Fünfzehntes Kapitel

Am nächsten Tag war Alex ständig in Alarmbereitschaft, fuhr bei jeder plötzlichen Bewegung, bei jedem lauten Geräusch zusammen und wartete auf die nächste Attacke. Aber nichts Dramatisches geschah. In gewisser Weise sehnte Alex das fast herbei. Was konnte verletzender sein als diese kleinen Seitenhiebe und Kränkungen, die schwärende Wunden hinterließen? Was konnte schmerzhafter sein als die Erkenntnis, dass die Leute, die sie schon seit dem Kindergarten kannte, nicht mehr mit ihr sprachen?

Keiner von ihnen, nicht ein Einziger, war bereit sich Greg und seiner Gang entgegenzustellen. Alex biss sich auf die Lippe, kämpfte gegen die aufsteigenden Tränen an und wünschte sich sehr, dass David hier wäre. Er hatte sich wirklich einen tollen Zeitpunkt ausgesucht, um in Urlaub zu fahren. David war ihr Freund und er hatte vor Greg Simpson keine Angst. Er hätte ihr beigestanden, aber er würde frühestens am Montag wieder in die Schule kommen. Als Greg und seine Gefolgsleute in der Mittagspause mit ihren Sticheleien über sie hergefallen waren, hatte sich sogar Neil, Davids bester Freund, mit einem seltsamen kleinen Lächeln abgewandt und dazu die Schultern gezuckt, in einer Geste, die besagte: Was kann ich schon ausrichten?

Mühsam schleppte sie sich an diesem Donnerstagnachmittag nach Hause. Sie war so müde, dass sie nicht auf den Weg achtete. Es war anstrengend, immer nur an ein und dasselbe zu denken. Das war wie ein Spiel, bei dem sie nicht gewinnen konnten. Sobald Lauren und sie einen Schachzug versuchten, wurden sie sofort abgeblockt.

Die Gedanken rasten in ihrem Kopf herum wie eine Ratte in der Falle. Es war aussichtslos, aber sie suchte immer weiter nach einem Ausweg und deshalb dauerte es eine Weile, bis sie merkte, dass jemand hinter ihr war. Jemand auf einem Fahrrad, der dicht an sie heranfuhr und anhielt. Und dann das Ganze wieder von vorn, immer wieder und wieder. Schließlich überholte er sie und fuhr vor ihr her. Und da war er, Greg Simpson auf einem BMX-Rad, auf dem seine langen Beine hoch aufragten.

»Ich hätte nicht gedacht, dass jemand noch auf so einem Ding fährt«, sagte Alex und sah sich dabei nach allen Seiten um. Er schien allein zu sein, aber sie ging dennoch zügig weiter.

»Ich fahr damit«, erwiderte er. Mit einem Ruck riss er das Vorderrad hoch und hob sich aus dem Sattel. Dann lief er neben ihr her. »Ich will mit dir reden.«

»Nur zu. Ich hindere dich nicht daran.«

»Die Sache mit der Sonnenbrille. Ich hab Sandi ja gleich gesagt, dass Andi, diese blöde Kuh, alles vermasseln würde.« Er schüttelte den Kopf. »Schlau eingefädelt, Alex.« Anerkennend legte er seine Hand, die sich in dem BMX-Handschuh massig und rau anfühlte, auf ihren bloßen Arm. »Aber bild dir nur nicht ein, dass du damit aus dem Schneider bist.«

Alex drehte sich zu ihm um.

»Was soll das heißen?«

»Dass ihr trotzdem zahlen müsst. Sag deiner Freundin Bescheid. Morgen sind zehn Pfund fällig. Wehe, wenn nicht!«

»Was dann?«

»Dann wird beim nächsten Mal mehr als nur ihr Bild zerschnitten. Ihre Schwester ist ohnehin schon keine Schönheit.« Er verzog das Gesicht zu einer angewiderten Grimasse. »Diese langen, strähnigen Haare ...«

»Morgen geht's nicht«, sagte Alex und gab sich alle Mühe, mit ruhiger Stimme zu sprechen.

»Ach!« Seine kalten Augen verengten sich zu schmalen Spalten und er rieb sich mit dem schmutzigen, ausgefransten Handschuh das Kinn. »Und wieso nicht?«

»Äh, morgen bin ich nicht in der Schule. Ich hab einen Termin beim Zahnarzt.«

Er lachte und schwang sich wieder auf sein Rad, hielt es mit den Knien im Gleichgewicht.

»Sag ab.« Er schaute sie mit einem breiten Grinsen an. Die Lippen waren so weit zurückgezogen, dass seine engen, schmalen Zahnreihen sichtbar wurden. »Du bist da – mitsamt dem Geld. Sonst ...«, sagte er lang gedehnt, zog dabei den Handschuh straff und krümmte und streckte die Finger, »sonst kriegt die kleine Caroline einen Haarschnitt verpasst. Und das ist erst der Anfang. Tschüs, bis morgen, Alex.«

Er sauste davon, thronte hochmütig auf seinem Rad, riss das Vorderrad hoch und machte allerhand Kunststücke, bis er schließlich verschwand.

Alex setzte sich auf eine Mauer. Sie hatte es nicht mehr weit, aber ihr war plötzlich schlecht geworden, ihre Beine waren ganz wackelig. Das Spiel war in eine neue Phase eingetreten. Sie beugte sich vor und stützte die Hände auf die Knie. Was Greg Simpson gesagt hatte, war ihr auf den Magen geschlagen. Es war gar nicht auszudenken, wie es war, wenn man sich über Wochen, Monate und sogar Jahre hinweg jeden einzelnen Tag so fühlte. So musste es für Michael Bailey gewesen sein.

In ihrem Mund sammelte sich Speichel und sie schluckte krampfhaft dagegen an. Ihr Herz schlug schwer und hohl in ihrer Brust.

Sie rieb sich den Arm. Er war mit Gänsehaut überzogen. Das Wetter hatte umgeschlagen, es war wieder kalt geworden. Ein schneidender, böiger Wind fetzte die letzten Blüten herunter und streute sie wie Konfetti über ihr aus. Einmal hatte sie Bailey so gesehen. Sie war im Auto mit ihrer Mutter an ihm vorbeigefahren und er hatte auf einer Mauer gesessen, ganz zusammengekauert, genau wie sie jetzt.

Plötzlich schoss ihr ein neuer Gedanke durch den Kopf. Deshalb war es passiert, damals vor zwei Jahren im März, an Baileys letztem Tag. Er hatte ihnen gesagt, dass er nicht mehr zahlen würde. Er hatte die Zahlungen eingestellt.

Sechzehntes Kapitel

Sie behielten ihn ständig im Auge. Das Spiel lauerte unter der Oberfläche und konnte jederzeit wieder losgehen. Manchmal beobachteten sie ihn nur flüchtig, schauten bei anderen Vergnügungen kurz zu ihm hin, damit er wusste, dass sie da waren. Aber heute konnte Michael Bailey spüren, dass sie sich in einem Spannungszustand befanden. Zwischen ihnen lief etwas ab, etwa so, wie eine Hundemeute sich für die Hetzjagd bereit machte. Eine eifrige Hochstimmung lag in der Luft, eine Vorfreude.

Sobald er in die Schule kam, ging die Kampagne los. Sie beschimpften ihn, luden sein Pult mit unaussprechlichen Scheußlichkeiten voll, zogen über seine Mutter her. Aber das war nur die alltägliche Routine.

Er sagte, dass er in seinem Pult etwas verschüttet hatte, und blieb während der Pause in der Klasse. In dieser Zeit räumte er so gut wie möglich auf, versuchte zu retten, was zu retten war, und gab sich alle Mühe, Mrs Harris nichts merken zu lassen. Er musste zur Mülltonne nach draußen gehen, kehrte aber unversehrt in die Klasse zurück.

Mrs Harris saß am Lehrerpult, korrigierte Hefte und trank dabei ihren Kaffee. Als er hereinkam, lächelte sie und murmelte ein paar Worte. Fast hätte auch er ein Lächeln zu Stande gebracht. Bei ihr fühlte er sich sicher. Er setzte sich an sein Pult und versuchte seine Gefühle zu erforschen, drang behutsam zu ihnen vor, so wie ein Arzt eine tiefe Wunde abtastet, um den Heilungsprozess festzustellen. Vielleicht irrte er sich ja und es brach nicht wieder los, vielleicht würden sie jetzt aufhören, nachdem er sich zur Wehr gesetzt hatte.

Dass er ihnen weitere Zahlungen verweigert hatte, war nicht aus einer plötzlichen Anwandlung von Mut geschehen. Dahinter stand einfach nur eine andere Art von Angst. Del und die Bridge Boys waren allzu gierig geworden, verlangten mehr und mehr für ihren »Schutz«. Er hatte ihnen gesagt, dass er so viel Geld nicht aufbringen konnte, nicht jede Woche, aber Del hatte nur gelacht und gemeint, dann müsste er's eben klauen.

Aber das konnte Michael nicht mehr. Seinen Eltern war aufgefallen, dass kleine Geldbeträge fehlten, und sie verdächtigten ihn bereits, zumindest sein Vater. Michael hatte sie eines Abends gehört, als sie glaubten, er wäre im Bett. Mit ernster, tiefer Stimme hatte sein Vater seinen Verdacht geäußert, während seine Mutter ihn massiv verteidigte.

»So was würde unser Michael niemals tun, Frank«, hatte sie gesagt und dabei fast geweint. Wenn er damit weitermachte, würde alles auffliegen und seine Eltern würden ihm niemals mehr vertrauen, dann würden sogar sie ihn hassen.

Als er dort im schwach erhellten Flur stand und seine Eltern belauschte, wäre er am liebsten zu ihnen ins Zimmer gegangen und hätte alles gestanden, hätte ihnen gesagt, warum er Geld genommen hatte und in welcher Situation er sich befand. Aber das war unmöglich. Er hatte zu lange geschwiegen und seine Mutter würde sich entsetzlich aufregen. Wenn ihm etwas Schlimmes widerfuhr, schien sie das noch viel tiefer zu treffen als ihn. Er konnte sie nur dadurch schützen, dass er alles geheim hielt. Und er konnte nur verhindern, dass sie davon erfuhr, indem er kein Geld mehr zahlte und die Konsequenzen auf sich nahm. Das war überhaupt keine Frage des Mutes, es war noch nicht mal eine freie Entscheidung gewesen. Er dachte, dass sie vielleicht in der Mittagspause über ihn herfallen würden, aber auf dem Weg zum Speisesaal tat sich nichts. Michael Bailey holte sich jeden Tag sein Essen an der Ausgabe ab und saß dann immer allein. Er nahm ein Tablett und ließ sich von der Köchin eine Portion auf den Teller geben. Sie fragte ihn, was er haben wollte, aber er gab keine Antwort und so tat sie ihm von allem ein bisschen auf.

Nachdenklich schaute sie ihm nach, als er davonschlurfte. Ein seltsamer Junge. Warum wohl hängte er sich seine Schultasche immer quer über die Brust? Keins der anderen Kinder machte das so. Sie wusste ja nicht, was passieren würde, wenn er die Tasche auch nur einen Augenblick irgendwo abstellte.

Sie nickte zu ihrer Freundin hinüber, Ellen Brody, die auf der anderen Seite der Theke bediente. Sie hatten sich schon über Michael Bailey unterhalten und auch über die Streiche, die ihm die anderen spielten. Ellen war deswegen sogar zum Schulleiter gegangen, aber er hatte nur gesagt, dass man sich der Situation bewusst wäre und sie im Auge behielte. Sein Tonfall besagte, dass er nicht scharf darauf war, sich von den Damen der Essensausgabe vorschreiben zu lassen, wie er seine Arbeit zu machen hatte. Ellen gab sich Mühe, selbst ein bisschen nach Michael zu sehen, aber das war gar nicht so leicht. Irgendwo war immer etwas los. Sie pflegte zu sagen, dass man bei ihrem Job auch am Hinterkopf Augen brauchte, von weiteren Körperteilen gar nicht erst zu reden.

Michael Bailey setzte sich zu einigen jüngeren Schülern an den Tisch. Sie rückten automatisch von ihm ab, aber wenigstens spuckten sie ihm nicht ins Essen, kippten ihm kein Wasser und kein Salz hinein und johlten auch nicht im Chor: »Friss, du Mastschwein, friss!«

Er aß nicht sehr viel. Das tat er nie. Es stimmte nicht, wenn sie ihn als verfressenes Schwein bezeichneten. Er war auch gar nicht dick, nur ein bisschen rundlich. In der Schule bekam er ohnehin kaum etwas hinunter. Selbst wenn niemand in der Nähe war, kam es ihm immer so vor, als wäre das Essen irgendwie verseucht.

Danach lief er über den Schulhof, immer nach dem gleichen Muster, so wie ein Tier nach langer Gefangenschaft im Käfig auf und ab tigert. Die Anspannung wurde immer größer. Er konnte spüren, wie sie sich in seinem Magen zu einem Klumpen zusammenballte.

Keiner von ihnen kam in seine Nähe, aber er merkte, wie die Signale zwischen ihnen hin und her gingen. Etwas würde passieren, das war nur noch eine Frage der Zeit. Fast wünschte er sich, dass es endlich so weit wäre. Das Warten war das Schrecklichste daran. Die Ungewissheit. Warum legten sie nicht los? Aber sie wussten genau Bescheid, natürlich wussten sie, wie das für ihn war. Es gehörte mit zum Spiel, dass sie ihn warten ließen, sich langsam an ihn heranpirschten.

Es klingelte zum Nachmittagsunterricht und immer noch war nichts vorgefallen. Doch diesmal empfand Michael keine Erleichterung; stattdessen krampfte sich sein Magen zusammen, als wäre er seekrank.

Nichts kann schlimmer sein als das, dachte er. Überhaupt nichts. Manchmal wünschte er sich richtig, sie würden ihn einfach umbringen. Dann hätte er es hinter sich.

Sie warteten bis nach der Schule. Den Nachmittag über arbeitete Michael an seinem Teil eines riesigen Wandgemäldes über die verschiedenen Erdzeitalter. Bisher hatte ihm das immer Spaß gemacht. Es war interessant und manchmal konnte er dabei alles andere vergessen. Hier kamen sie nicht an ihn heran.

Aber heute konnte er sich nicht konzentrieren. Draußen heulte der Wind, sammelte sich in regelmäßigen Abständen und ließ dann Graupelschauer wie Gewehrkugeln gegen die Fensterscheiben prasseln. Mrs Harris hatte die Heizung hochgestellt, aber Michael fror trotz der stickigen Hitze in der Klasse. Am Fenster drang die Kälte durch die Scheiben. Eisige Luft bahnte sich einen Weg durch all die vielen kleinen Ritzen in den rissigen, aufgequollenen Fensterrahmen und wirbelte das Papier auf seinem Pult auf. Die Scheiben waren so beschlagen, dass er nicht hinaussehen konnte. Kondenswasser lief daran herunter, als hätte sich der Hass um ihn herum dort niedergeschlagen und tropfte in destillierter Form zu Boden.

Als Mrs Harris das Licht anknipste, beobachteten sie ihn quer durch die hell erleuchtete Klasse, stupsten sich gegenseitig an und grinsten. Das bevorstehende Ereignis machte die Runde. Unter die lauten Plaudereien und Gespräche mischte sich ein bedrohliches Getuschel.

Den Mittelpunkt von alldem bildete Greg Simpson. Er saß da und bestimmte, wer mitmachen durfte und wer nicht. Die wenigen, die für eine direkte Beteiligung auserwählt worden waren, redeten laut und prahlerisch, liefen breitbeinig herum und sonnten sich in der Aufmerksamkeit, die sie durch Greg erhalten hatten. Sie durften ihn auf keinen Fall blamieren. Bailey war eine sehr einfache und nützliche Einkommensquelle gewesen. Del hatte sich ganz und gar nicht erfreut gezeigt, als Greg ihm ausrichtete, dass Bailey nicht mehr zahlen wollte. Er war über ihn hergefallen, als wäre das alles seine Schuld. Greg verlagerte sein Gewicht auf dem Stuhl, um seinen Rücken mit den schmerzenden Stellen direkt über den Nieren zu entlasten. Del hinterließ keine Spuren, aber er konnte schwere Verletzungen zufügen.

Zuerst hatte Sandi geschmollt, als er ihr sagte, dass Del nur Jungs zuließ. Nur für den Fall, dass es Schwierigkeiten gab, sollten Andrea und sie ein Alibi liefern, die Jungen mit irgendeiner Geschichte decken. Aber es durfte keine Schwierigkeiten geben. Del hatte seinem jüngeren Bruder unmissverständlich klargemacht, was mit ihm passieren würde, wenn etwas schiefging.

Eins musste man Del lassen: Er war gut. Inzwischen brauchte er nur mit dem Fuß aufzustampfen und Bailey haute ab, dass seine Speckrollen nur so schwabbelten. Greg lachte vor sich hin und verzog dann das Gesicht, als der Schmerz ihn wieder durchzuckte.

Träge sah er sich in der Klasse um, aber seine Beutegier war sofort erwacht, als sein Blick auf der Gestalt am Fenster haftenblieb. Bailey war so ein lahmer Fettwanst. Er hatte es verdient, mal ordentlich aufgemischt zu werden. Das war längst überfällig und heute würden sie's krachen lassen. In letzter Zeit hatte es Bailey viel zu gut gehabt. Er glaubte wohl, er könnte ihnen entwischen, sich hinter Mrs Harris verstecken und die Bridge Boys aus seinem Leben ausschalten. Es wurde Zeit, dass ihm eine Lektion erteilt wurde. Greg war nicht bereit seinetwegen noch mehr Prügel einzustecken.

Greg Simpson lehnte sich auf seinem Stuhl zurück. Alles würde bestens laufen. Es konnte gar nichts schiefgehen. Bailey würde zahlen; im Geiste hörte Greg schon die Münzen klirren. Und er würde sich nicht mucksen, weil er wusste, dass es sonst beim nächsten Mal nur noch viel schlimmer werden würde. Auch von den anderen würde keiner etwas sagen. Darin war er wirklich gut. Er hatte sie alle voll im Griff. Bailey hatte keinen einzigen Freund mehr. Selbst Leute wie Alex Lewis und David Morris hassten Bailey fast ebenso sehr wie er.

Siebzehntes Kapitel

»Alex? Was machst du denn? Jetzt steig schon ein.«

Erschrocken fuhr Alex herum. Eine Autotür ging auf und ihre Mutter beugte sich über den Beifahrersitz. Sie stellte eine Einkaufstüte auf den Boden hinunter, damit ihre Tochter Platz hatte. Alex stieg ein.

Sie murmelte etwas von Übelkeit und ihre Mutter fragte nicht weiter nach. Aber als sie zu Hause waren, strich sie ihrer Tochter die Locken aus der Stirn, damit sie ihr ins Gesicht sehen konnte, und sagte leise: »Wir trinken einen Tee zusammen, ja? Und dann können wir vielleicht darüber reden.«

Der Wasserkessel begann zu brodeln und schaltete sich schließlich ab. Dampfwolken stiegen auf, als ihre Mutter den Tee aufgoss. Und die ganze Zeit über sprach Alex kein Wort.

»So«, sagte ihre Mutter und kam mit der Teekanne zum Tisch. »Was ist los? Ist in der Schule etwas vorgefallen?«

»Nein«, sagte Alex schnell.

»Bist du sicher?«, fragte ihre Mutter und machte eine Packung Kekse auf.

»Ja, klar. Es ist nichts, Mum, ehrlich. Nur ...« Alex nahm ihren Becher und trank von dem kochend heißen Tee. »Wie gesagt, mir war nur ein bisschen komisch.«

»Das meine ich nicht, Alex.« Ihre Mutter schaute sie über den Becherrand hinweg an. »Irgendwas ist nicht in Ordnung. Da ist noch etwas anderes, nicht wahr? Und ich glaube, es wird Zeit, dass wir darüber reden.«

Sie stellte ihre Tasse ab und fegte den Protest ihrer Tochter mit einer Handbewegung beiseite. »Leugnen ist zwecklos, Alex«, sagte sie und hielt ihr einen Briefumschlag mit dem Schulwappen hin. »Heute Morgen ist dieser Brief gekommen. Und Helen hat mit mir schon darüber geredet.«

Alex setzte zu einer zornigen Reaktion an, aber ihre Mutter legte den Finger an die Lippen. »Helen hat sich Sorgen gemacht. Es war völlig richtig, dass sie zu mir gekommen ist. Du liegst ihr am Herzen. Du liegst uns allen am Herzen. Und in letzter Zeit bist du wie ausgewechselt. Sogar Dad hat bemerkt, dass irgendwas nicht stimmt.«

Ihre Mutter trank ihren Tee und hörte still zu, als Alex widerstrebend zu erzählen begann. Ihr Bericht war stockend und die Reihenfolge der Ereignisse ging holterdiepolter durcheinander, aber allmählich entstand doch die ganze Geschichte, angefangen von den ersten Seitenhieben gegen Lauren, die Alex beobachtet hatte, bis zur letzten Woche, in der alles immer schlimmer geworden war und sich auch gegen Alex richtete.

Als sie zu Ende erzählt hatte, war ihr Tee kalt. Ihre Mutter schüttete ihn weg und goss frischen ein.

Dann legte sie den Arm um ihre Tochter und drückte sie an sich. »Ich bin froh, dass du's mir erzählt hast«, sagte sie. »Und jetzt sollten wir zusehen, dass wir in die Gänge kommen und etwas unternehmen, nicht wahr?« Sie tätschelte ihr noch einmal die Schulter und ließ sie dann los. »Hast du Laurens Nummer? Ich glaube, ich sollte ihre Mutter anrufen.«

»Das geht nicht, Mum.« Alex schaute entsetzt zu ihr auf. »Sie bringt mich um, wenn sie erfährt, dass ich darüber gesprochen habe – vor allem mit dir!«

Ihre Mutter runzelte verwirrt die Stirn. »Wer bringt dich um?«

»Lauren!«

»Mach dich nicht lächerlich, Alex. Natürlich tut sie das nicht. Jetzt gib mir die Nummer.«

Alex blieb nichts anderes mehr übrig. Sie händigte die Nummer aus und ihre Mutter ging damit in den Flur.

Ein solcher Anruf konnte die zarten Bande ihrer Freundschaft mit einem Schlag zerschmettern, aber es hatte keinen Zweck, ihrer Mutter zu widersprechen oder Erklärungen abzugeben. Das war das Problem mit den Erwachsenen. Sie konnten einen immer nur begrenzt verstehen. In Laurens Welt gab es Dinge, die man einfach nicht tat, und Alex hatte gegen die allerwichtigste Vorschrift verstoßen. Gegen die Regel: Kein Wort darüber. Egal was passiert.

Ihre Mutter kehrte voller Energie und Tatendrang zurück.

»Mrs Price hat auch so ein Schreiben bekommen. Sie wollte mich gerade anrufen. Die beiden kommen um sechs Uhr zu uns.« Sie wuschelte ihrer Tochter durch die Haare. »Wir werden der Sache ein Ende bereiten, Alex, nur keine Bange.«

Alex ließ den Kopf auf die Tischplatte sinken. Was sollte sie nur machen? Ihr wurde wieder schlecht und sie fühlte sich schwach und dumm. Sie hätte nichts sagen dürfen. Wie sollte sie Lauren gegenübertreten, nachdem sie alles verraten hatte?

Achtzehntes Kapitel

Von Anfang an war klar zu erkennen, dass Lauren es ihr nicht leicht machen würde.

Mrs Price saß, immer noch im Mantel, im Wohnzimmer ganz vorn auf der Sesselkante und hörte sich eine Zusammenfassung der Dinge an, die ihrer Tochter widerfahren waren. Dabei strich sie immer wieder die kräftigen dunklen Haare zurück, die sich aus dem unordentlich geflochtenen Zopf gelöst hatten. Ihre großen Augen wurden ganz dunkel vor Sorge und Entsetzen, als das volle Ausmaß der Quälereien zu Tage trat, und ein angespannter Zug trat in ihr hübsches Gesicht.

Als Lauren das Haus betrat, hatte sie Alex einen wütenden Blick zugeworfen und sich dann abgewandt. Jetzt saß sie neben Caroline auf dem Sofa, starrte auf ihre Hände hinunter und wirkte völlig unbeteiligt.

»Lauren?« Mrs Price drehte sich zu ihrer Tochter um. »Stimmt das alles?« Als sie keine Antwort erhielt, schüttelte sie den Kopf. »Mein Gott«, sagte sie. »Ich hatte mir ja schon gedacht, dass da etwas ist, aber ich bin davon ausgegangen, dass sie sich eben noch eingewöhnen muss. Ich hatte ja keine Ahnung ...« Sie griff nach der Hand ihrer Tochter. »Du armes Kind. Warum hast du mir nichts davon gesagt?«

Lauren riss ihre Hand weg und verschränkte die Arme vor der Brust.

»Das ist alles gar nicht wahr«, sagte sie. »Alex hat das bloß erfunden. Sie macht aus jeder Mücke einen Elefanten.«

Alex war so verdutzt, dass ihr die Kinnlade herunterklappte und sie Mühe hatte, den Mund wieder zu schließen.

»Warum sollte ich so etwas tun?«, würgte sie schließlich hervor. Es war ihr sehr unbehaglich, dass alle Blicke auf sie gerichtet waren.

»Woher soll ich das wissen?«, fauchte Lauren. »Weil du Angst hast. Weil dir so etwas passiert. Weil du dich aufspielen willst. Das darfst du mich nicht fragen.« Sie zuckte mit den Schultern. »Ich bin keine Psychologin.«

Alex wiegte langsam den Kopf hin und her. Sie konnte nicht fassen, was sie zu hören bekam. »Das ist nicht ... Ich würde doch nie ...«, fing sie an und brach dann ab. Sie war den Tränen nahe und wusste nicht, was sie sagen sollte. Hilflos schaute sie sich um.

»Hey!«, sagte Helen, die an der Tür lehnte und alles mit angehört hatte. »Alex lügt nicht, jedenfalls nicht bei einer solchen Sache.«

»Woher willst du das wissen?«, fragte Lauren höhnisch. »Euer Verhältnis ist nicht gerade toll, nicht wahr? Alex hat mir erzählt, wie du dich ihr gegenüber benimmst und was für ein Miststück du meistens bist.«

Helen wurde ganz starr, aber ihre Mutter warf ihr einen mahnenden Blick zu und verhinderte damit eine zornige Entgegnung.

»Lauren ...«, fing Mrs Price an, kam jedoch nicht dazu, noch mehr zu sagen.

»Ihr seid an allem schuld!«, schrie Lauren quer durchs Zimmer ihre Mutter an. »Du und Dad! Das alles wäre nicht passiert, wenn wir nicht hierhergezogen wären.

Der Umzug war seine Idee und du hast nachgegeben. Ihr habt behauptet, dass alles ganz toll werden würde. Vor allem Dad hat uns dauernd davon vorgeschwärmt. Und seit wir hier sind, bekommen wir ihn überhaupt nicht mehr zu sehen. Er ist immer weg oder in Eile oder irgendwo unterwegs, und wenn er wirklich mal da ist, zofft ihr euch nur und hackt aufeinander rum. Das hasse ich! Ich will zurück. Ich will nach Hause, nach Australien. Du doch auch! Und wenn du jetzt sagst, dass du nicht zurückwillst, dann – dann bist du eine verlogene Heuchlerin!«

Lauren lehnte sich im Sessel zurück und verschränkte die Arme vor der Brust. Sie war kreidebleich im Gesicht. Sie wusste, dass sie zu weit gegangen war, aber sie hatte sich nicht mehr bremsen können. Der ganze bittere Zorn, der sich über Monate in ihr aufgestaut hatte, war jetzt aus ihr herausgebrochen. Sie war selbst ganz entsetzt darüber. Wie hatte sie sich so benehmen können? Wie konnte sie ihrer Mutter so etwas antun? Tränen kribbelten ihr in der Nase, aber sie zog sie hoch und schaute trotzig in die Runde.

Alle schwiegen. Lauren sah zu ihrer Mutter hin. Mrs Price blickte jedoch zu Boden und drehte unablässig ihren Ehering am Finger herum.

»Sie waren so freundlich«, sagte sie schließlich, an Mrs Lewis gewandt, und zuckte verzweifelt mit den Schultern. »Ich weiß nicht, was in Lauren gefahren ist. Normalerweise ist sie nicht so ... unleidlich.«

Sie versuchte zu lächeln, aber ihre Lippen zuckten und Tränen traten ihr in die Augen. »Wir haben Sie schon genug Zeit gekostet«, sagte sie dann unvermittelt und griff nach ihrer Handtasche. »Jetzt sollten wir lieber aufbrechen.«

»Gehen Sie noch nicht«, bat Alex' Mutter. »Ich weiß, Sie sind jetzt ganz aufgewühlt und durcheinander.« Sie lächelte. »Wie wär's mit einem Glas Wein? Im Kühlschrank steht eine Flasche und John ist gerade nicht da, deshalb brauche ich eine Ausrede, um sie zu köpfen. Bleiben Sie doch noch. Jetzt machen Sie schon, sagen Sie, dass Sie mir dabei helfen, die Flasche zu leeren.«

»Nein. Nein, wirklich ...« Mrs Price wollte aufstehen, aber Alex' Mutter legte ihr sacht die Hand auf den Arm und hielt sie zurück.

»Sie müssen. Ich bestehe darauf. Ein Gläschen kann nicht schaden. Sie haben ja immer noch Ihren Mantel an. So, geben Sie her.« Sie drehte sich zu ihren Töchtern um und warf ihnen den Mantel zu. »Hier, Alex, häng ihn bitte auf und dann zeig Lauren doch mal dein Zimmer. Und Helen, du kümmerst dich um Caroline, ja?«

Alex hängte den Mantel übers Treppengeländer und stieg hinter Lauren die Treppe hoch, fort von dem Geräusch des Korkens, der aus der Flasche gezogen wurde, und den gedämpften Stimmen ihrer Mütter, die sich miteinander bekannt machten. Herzlichen Dank, Mum, dachte sie still für sich. Bei Laurens Laune hätte man sie ebenso gut nach oben schicken können, um einen bissigen Pitbull zu unterhalten.

»Warum hast du alles ausgeplaudert? Du bist eine miese Petze!«, warf Lauren ihr vor, sowie sie in Alex' Zimmer waren.

»Ich – es ging nicht anders. Meine Mutter hat mich dazu gezwungen«, brachte Alex zu ihrer Verteidigung vor. »Und überhaupt, sie haben doch beide einen Brief bekommen.«

»Na und?« Lauren funkelte sie böse an. »Deshalb musstest du noch lange nicht die ganze Geschichte vor ihnen ausbreiten, oder?«

»Was hätte ich denn tun sollen ...?«

»Du hättest dir was ausdenken können. ›Meine Mutter hat mich dazu gezwungen‹«, äffte Lauren sie spöttisch nach. »So was Erbärmliches!«

»Ach ja? Und was wolltest du dagegen unternehmen?«, schlug Alex wütend zurück. »Schmollend rumsitzen, nehm ich an. Dich hinter mir verstecken und darauf warten, dass ich alles in Ordnung bringe, während du nichts als höhnische Bemerkungen machst!«

Das hatte gesessen. Lauren war so getroffen, dass sich ihre grauen Augen zu schmalen Spalten verengten.

»Was hast du gesagt?«, fragte sie mit kalter, harter Stimme und packte Alex vorne am Hemd.

»Aufhören!« Helen trat zwischen die beiden und zerrte sie auseinander. »Schluss damit, alle beide!«

Helen hielt sie am ausgestreckten Arm fest. Dann stieß sie Alex aufs Bett, ließ Lauren jedoch nicht los. »Es bringt doch nichts, wenn ihr euch prügelt«, sagte sie.

»Sie hat gelogen!«, schrie Alex. »Und mit ihren Lügen alle ganz durcheinandergebracht!«

Lauren versuchte sich aus Helens Griff zu winden, was ihr jedoch nicht gelang. »Sie hätte nichts verraten dürfen!«

»Warum nicht?«, fragte Helen.

»Weil ...«, legte Lauren empört los, wusste dann aber nicht mehr weiter. »Weil man nun mal nicht petzt«, fuhr sie schließlich fort. »Und es gab auch gar keinen Grund dazu. Ich komm allein damit klar.«

»Ja?«, fragte Helen skeptisch. »Bist du dir da so sicher?«

»Klar doch.« Lauren straffte die Schultern und ballte die Fäuste. »Null Problem.«

Helen ließ Lauren los und verschränkte die Arme vor der Brust. »Bis jetzt warst du aber nicht sonderlich erfolgreich damit, oder?«, sagte sie nachdenklich. »Und was ist mit Caroline? Kannst du sie beschützen?«

»Ja«, sagte Lauren, klang aber nicht mehr so sicher. »Natürlich kann ich das.«

»Tja, da irrst du dich. Allein schaffst du das nicht.« Helen schob mit dem Fuß mehrere Kissen zu einem Stapel zusammen und setzte sich darauf. »Und überhaupt war ich die Erste, die Mum davon erzählt hat. Willst du dich jetzt auch noch mit mir schlagen? Versteh doch, Lauren«, fuhr sie nach einer kurzen Pause fort. »Man muss dieser Sache ein Ende bereiten, und zwar sofort. Sonst geht das immer so weiter.« Sie schaute zu Alex hinüber. »Hast du ihr von Bailey erzählt?«

»Ein bisschen«, sagte Alex. »Nicht die ganze Geschichte.«

»Dieser Junge, der ein Gespenst sein soll?«, fragte Lauren höhnisch. »Das muss doch ein richtiger Armleuchter gewesen sein. So bin ich nicht.«

Helen zuckte mit den Schultern und lehnte sich in die Kissen zurück.

»Sag's ihr, Alex. Erzähl ihr, was sie mit Bailey gemacht haben.«

Alex rutschte zur Bettkante vor, richtete sich auf und räusperte sich. Als sie anfing zu sprechen, war ihre Stimme so leise, dass die anderen sich vorbeugen mussten, um sie zu verstehen.

»Okay«, sagte sie. »Aber das waren nicht nur Greg oder Del, sein großer Bruder, oder die Bridge Boys. Das müsst ihr euch klarmachen. In gewisser Weise waren wir's alle, jeder Einzelne von uns.«

Sie schloss die Augen und versetzte sich zum zweiten Mal in jenen Zeitraum vor zwei Jahren zurück, der nur wenige Stunden gedauert hatte, sie aber nicht mehr losließ.

»Es war im März. Für die Jahreszeit war es kalt, sehr kalt. Mrs Harris – damals waren wir in der fünften Klasse und hatten sie als Lehrerin – machte einen Scherz darüber, dass der Frühling in diesem Jahr wohl überhaupt nicht mehr käme. Anfangs waren es die üblichen Schikanen: Man brachte ihm seine Sachen durcheinander, behauptete, er würde stinken, warf ihm Schimpfwörter an den Kopf ...«

»Und du auch?«, fiel Lauren ihr ins Wort. »Du hast mitgemacht?«

»Ja. Wir alle. Wir waren alle daran beteiligt«, sagte Alex heftig. »Das hab ich doch eben schon gesagt. Aber an diesem speziellen Tag war es anders als sonst. Bailey musste den Bridge Boys jede Woche Geld geben, damit sie ihn in Ruhe ließen – und jetzt hatte er ihnen gesagt, dass er nicht mehr zahlen würde. Wir wussten daher alle, dass etwas wirklich Schlimmes bevorstand.« Jetzt war sie wieder in ihrer Geschichte drin, spann den Faden weiter. »Es war aber niemand bereit etwas dagegen zu unternehmen, weil er bei allen unbeliebt war.«

Neunzehntes Kapitel

Michael Bailey blieb nach dem Unterricht auf seinem Platz sitzen. Seine letzte Hoffnung schwand dahin, als die Schritte auf dem Flur verhallten. Vielleicht glaubte Mrs Harris, dass sie ihm einen Gefallen tat, indem sie ihn zurückbehielt. Vielleicht glaubte sie, dass sie ihn damit schützen konnte. Sie wusste nicht, dass seine einzige Chance in einer großen Menschenmenge lag. Nur das bot ihm Sicherheit, vor allem die Mütter, die mit ihren Kinderwagen ankamen und die jüngeren Schüler abholten.

Mit hölzernen Bewegungen stand er auf, so steif, als wären ihm sämtliche Glieder eingeschlafen. Mechanisch folgte er den Anweisungen von Mrs Harris. Sie hatte keine Ahnung davon, über welch endlose Geduld Greg Simpson verfügte, zumindest bei solchen Gelegenheiten. Oder vielleicht unterschätzte sie ihn auch. So faul und träge er im Unterricht auch war, konnte er doch sehr genau planen und verfügte dabei über einen großen Einfallsreichtum.

Auch die anderen, die Mrs Harris gebeten hatte länger zu bleiben, waren unruhig. Sie wussten, was bevorstand, und wollten sich nicht mit hineinziehen lassen.

Einer nach dem anderen verdrückte sich, bis schließlich nur noch zwei übrig waren: Alex Lewis und Michael Bailey.

»Simpson wartet auf dich, Bailey«, zischelte Alex ihm zu, als sie die letzten Ausstellungsstücke aufhängten. »Du solltest es Mrs Harris sagen.«

Michael reichte ihr eine Stecknadel, schüttelte den Kopf und rang sich ein gequältes kleines Lächeln ab, sagte aber nichts. Er hätte ihr beim besten Willen nicht erklären können, wie weit es mit ihm schon gekommen war. Es war ihm völlig unmöglich, jemandem davon zu erzählen oder um Hilfe zu bitten. Er fühlte sich wie ein Gefangener, der schon so lange eingesperrt war, dass er die Sonne nicht mehr ertrug. Auch ohne Gitterstäbe und mit weit geöffneter Tür gab es für ihn keine Freiheit mehr.

Alex seufzte ungeduldig und bohrte mit einer heftigen Bewegung die letzte Stecknadel in die Ausstellungsfläche. Das war das Problem mit Bailey. Er unternahm nie etwas, um sich zu wehren, um der Sache Einhalt zu gebieten. Man musste solchen Schlägertypen die Stirn bieten. Aber er wartete nur ab und hing schlaff herum. Wie ein großer, weicher Punchingball, der einen förmlich dazu einlud, auf ihn einzuschlagen.

»Okay, ihr beiden. Den Rest mache ich allein«, sagte Mrs Harris und entließ sie.

Alex beobachtete Bailey, als er seine Sachen zusammensuchte und sich fertig machte. Er hatte wieder diesen gequälten Gesichtsausdruck, aber er sagte immer noch nichts. Alex überlegte kurz, ob sie das übernehmen sollte, aber ebenso schnell verwarf sie diesen Einfall wieder. Am besten mischte man sich da nicht ein. Wenn er die Lehrerin nicht informieren wollte – wieso sollte dann sie etwas sagen?

Schlägertypen muss man die Stirn bieten. Als Alex hinter Bailey die Klasse verließ, hielt sie sich diesen Satz wieder vor. Und genau das würde sie jetzt auch tun. Aber wenn sie das vorhatte, warum ging sie dann so langsam? Warum trödelte sie so?

Alex stand auf dem Flur und zupfte schuldbewusst am Zipfel eines zerfledderten Aushangs herum. Dann machte sie kehrt und ging mit schnellen, zielgerichteten Schritten zum Garderobenraum.

Es war nichts zu hören. Eine Weile blieb sie stehen und dachte, dass vielleicht schon alle weg waren, dass sie sich geirrt hatte. Dann schlug eine Tür mit lautem Knall zu und eilige Schritte hallten durch den Flur. Bei diesem Geräusch machte Alex einen Satz nach hinten und versteckte sich hinter den letzten Mänteln, die noch zurückgeblieben waren. Als sie wieder hervorkam, war es totenstill. Man konnte sogar das Tropfen der Wasserhähne hören.

Alex spitzte angestrengt die Ohren. Da war noch ein Laut, eine Art Wimmern. Es hörte sich noch nicht mal nach einem Menschen an, eher nach einem Tier. Sie folgte diesem Wimmern, bis sie zu den Jungentoiletten kam.

Dort hielt sie zögernd an. Sie war noch nie dort drin gewesen, noch nicht mal als Mutprobe, und sie konnte sich auch jetzt nicht dazu durchringen. Stattdessen raste sie los und redete sich dabei ein, dass sie einen Lehrer oder eine Reinigungskraft suchte, irgendjemanden, der zum Zutritt befugt war. Doch tief in ihrem Herzen wusste sie, dass sie keine Ahnung hatte, wie sie dem Verursacher dieses Wimmerns helfen konnte, und deshalb lieber gar nicht sehen wollte, was dort war.

Als sie um eine Ecke bog, stieß sie mit Mr Derby zusammen. Damals war er noch nicht der Direktor, nur der stellvertretende Schulleiter. Aber auch damals hatte er schon die Angewohnheit, bei jedem Wetter ohne Jackett herumzulaufen. An diesem Tag herrschte eine außergewöhnliche Kälte, dennoch hatte er nur ein Hemd an. Alex konnte sich noch gut an das strahlende Weiß erinnern. Er trug diese Metallbänder, mit denen man die Ärmel oben hält. An den Handgelenken konnte sie dichte Behaarung sehen und sein goldenes Uhrenarmband.

Er fing sie auf und hielt sie dann auf Armeslänge von sich ab. »Wen haben wir denn da?«, fragte er lächelnd.

»Alex Lewis. Aus der Klasse von Mrs Harris«, stieß Alex automatisch hervor. »Kommen Sie schnell, es geht um Michael Bailey…«

Vielleicht war es der Name oder es lag an ihrem Gesichtsausdruck, auf jeden Fall war er sofort alarmiert.

»Wo?«, fragte er.

»Im Garderobenraum. Die Jungentoilette.«

Er lief los, dass seine Krawatte hinter ihm herflatterte. Als Alex ihn einholte, stand er bereits vor der Toilettentür, die weit aufgerissen war. Alex lugte unter seinem Arm hindurch. Es war niemand da. Baileys Tasche lag umgekippt auf dem Boden, der Griff war abgerissen. Seine Sachen waren überall verstreut. Bücher und Hefte waren zerrissen, die Seiten lagen kreuz und quer herum. Das Papier war durchweicht, zerknittert und verdreckt. Von seiner Arbeit für den Kunstunterricht floss die Farbe und verteilte sich auf dem nassen, schmierigen Boden.

Michael Bailey schlurfte über den Schulhof. Heftiges Weinen schüttelte ihn und er konnte nichts dagegen tun. Er raffte seinen widerlich verschmutzten Mantel zusammen und hielt die Hose fest, damit sie ihm nicht hinunterrutschte. Mit einer Hand stopfte er das Hemd in die Hose und tastete nach dem Reißverschluss.

Alles, was er am Leib trug, war jetzt dreckig und stank. Der neue Mantel war zerrissen und völlig durchweicht. Wie sollte er das seiner Mutter erklären? Der Wind pfiff durch seine nassen Sachen und unter dem Graupelschauer gefroren die Tränen auf seinem Gesicht. Bisher hatte er vor den anderen noch niemals geweint. Jetzt konnte er überhaupt nicht mehr aufhören.

Sie lauerten ihm an der Brücke auf. Eine ganze Horde wartete auf der anderen Seite. Sie sprangen aus ihrem Versteck hervor, sobald er an ihnen vorüber war, und rückten hinter ihm zusammen, um ihm den Weg abzuschneiden.

»Bai-ley, Bai-ley, Bai-ley.«

Die zwei Silben seines Namens erschallten in Wellen, wie Zuschauerrufe bei einem Fußballspiel. Und dann traten Greg Simpson und sein Bruder Del aus der Menge hervor. Sie kamen auf ihn zu, in leicht geduckter Haltung. Auf beiden Gesichtern lag exakt das gleiche Grinsen, als sie ihn zu sich heranwinkten.

»Na komm, na komm, na komm«, riefen sie, als wollten sie einen Hund locken.

Bailey sah sich nach allen Seiten um. Er konnte nirgends hin.

Totenstille breitete sich aus, als er zu klettern begann. Und dann war er hinter dem Geländer. Er sah hinunter. Der Rand der Brücke war winzig, so schmal, dass seine schwarzen Schuhe darüber hervorragten. Tief unten konnte er die Autos und Lastwagen sehen, die zwischen seinen Füßen hindurchschossen. Wie hypnotisiert verfolgte er die Bewegung der Autos. Sie sahen so klein aus, irgendwie unecht, wie Spielzeugautos.

Er beugte sich vor, als wollte er einen Kopfsprung machen. Dabei griff er nach hinten und hielt sich am Geländer fest. Im Nu hatte das kalte Metall alle Wärme und jedes Gefühl aus seinen Fingern gesaugt. Es war, als gehörten seine Hände gar nicht mehr zu seinem Körper.

Unter das gleichförmige Surren und Dröhnen des Verkehrs mischte sich jetzt noch ein anderes Geräusch. Bailey drehte sich nicht um, aber er hörte es genau.

Es begann mit einer einzelnen Stimme. Zuerst nur ganz langsam und leise, aber sie wurde kräftiger und legte an Tempo zu, als noch jemand mit einstimmte. Und dann noch jemand und noch jemand, bis alle mitmachten. Alle zusammen schmetterten sie ein einziges Wort: »Spring, spring, spring, spring.«

Die Rufe gingen immer weiter und wurden schneller

und schneller, bis er nicht mehr wusste, ob die Stimmen in seinem Kopf waren oder von außen kamen. Schließlich mischte sich auch seine eigene Stimme unter diesen Chor und machte ihm etwas klar, was er längst wusste. Ihm blieb nichts anderes übrig, das war der einzige Ausweg für ihn. Das Einzige, was er noch tun konnte.

»Aber er hat's nicht getan, oder?«

Carolines ängstliches Stimmchen holte Alex in die Gegenwart zurück.

»Was?«, stieß sie hervor, mit schwerer Zunge, als wäre sie gerade erst aufgewacht.

»Er ist aber doch nicht gesprungen, Alex, oder?«

»Du wolltest doch so gern, dass er ein Gespenst ist«, sagte Lauren leise, aber als sie das Gesicht ihrer Schwester sah, entschuldigte sie sich. »Ist ja gut, tut mir leid. Erzähl weiter, Alex.«

Alex konnte wieder spüren, wie die klirrende Kälte ihr Sweatshirt durchdrang, als sie hinter Mr Derby zur Brücke rannte. Sie hörte das rhythmische Rufen, das auf- und abschwoll, ein Brausen im Wind. Sie sah die vielen Leute, die sich in einem großen Halbkreis um etwas scharten. Was das war, ließ sich nicht erkennen. Es waren nur die Leute zu sehen, die immer dichter heranrückten. Mr Derby lief weiter, aber Alex verhielt ihren Schritt. Die halbe Schule war hier versammelt. Die Menschenmenge erstreckte sich von einem Ende der Brücke bis zum anderen und an manchen Stellen standen zwei bis drei Reihen hintereinander.

Schließlich konnte Alex auch das Wort verstehen, das immer wieder im Chor gerufen wurde. Es ging ihr durch und durch, und ihr wurde kälter davon als vom eisigsten Wind.

Mr Derby stürmte bis zur Mitte vor und schleuderte dabei die Zuschauer wie Puppen beiseite. Alex sah das strahlende Weiß seiner Ärmel, als er die Arme ausstreckte, um die Gestalt auf der falschen Seite des Geländers zu packen. Michael Bailey wandte sich zu ihm um und rutschte dabei mit einem Fuß ab.

Das Rufen verlor seinen Rhythmus und wurde unsicher. Bailey schrie einmal kurz auf. Als sein Kopf und seine Schultern außer Sicht verschwanden, brach das Rufen so unvermittelt ab, als hätte jemand auf die Aus-Taste gedrückt.

In der plötzlich eingetretenen Stille hörte Alex das Surren der Autos tief unter ihnen und das angestrengte Keuchen und leise Fluchen des Lehrers. Er hielt den Jungen an einem Arm fest, aber obwohl er sehr stark war, konnte er ihn nicht allein hochziehen.

»Ihr müsst mir helfen! Packt doch mal mit an. Ich kann ihn nicht mehr lange halten. Jetzt kommt doch schon und helft mit!«

Niemand rührte sich. Die Leute am äußeren Rand machten sich davon und innerhalb weniger Sekunden schmolz die große Menschenansammlung dahin. Alex lief nach vorn. Einige andere Schüler schlossen sich ihr an.

»... aber wir waren alle zu klein, wir kamen nicht an ihn heran.«

Alex schloss die Augen. Heftige Übelkeit durchzuckte sie – ein Gefühl, das sie aus ihren Albträumen kannte. Im Traum sah sie immer wieder den klaffenden Abgrund, die rasend schnellen Autos tief unter ihr – und Bailey, wie er abstürzte, immer kleiner und kleiner wurde und mit Armen und Beinen ruderte, als wollte er schwimmen. Dann verschwand er, vom Rand der Brücke verschlungen, und man hörte Reifen quietschen, einen Knall und das Splittern von Glas, dann das Knirschen, mit dem Metall an Metall rieb. Aber all das geschah nur im Traum. Die Wirklichkeit war anders abgelaufen.

»Dann kam ein Mann herbei. Er hielt Michael am anderen Arm fest und zusammen mit ihm konnte Mr Derby ihn wieder hochziehen«, sagte sie. Damit war die Geschichte zu Ende; Alex brach unvermittelt ab.

»Dann war also alles wieder gut?«, fragte jemand.

Alex gab keine Antwort. War alles wieder gut? Sie sah vor sich, wie sie sich vorgebeugt und ihm die Hand hingehalten hatte. Den Ausdruck in seinen Augen konnte sie nicht beschreiben, obwohl sie sich genau daran erinnerte. Er hatte die schönsten Augen, die sie je gesehen hatte, groß und von einem strahlenden Schieferblau, das in Lila überging. Und ein entsetzliches Flehen lag in ihnen. Nicht um Rettung. Das war es nicht, was er wollte. Er flehte darum, dass sie ihren Griff lockerten, ihn abstürzen ließen. Dieser Ausdruck würde sie ihr Leben lang verfolgen. Und auch das Wissen um die Ursachen, die ihn so weit getrieben hatten.

Niemand sagte etwas. Sie saßen wie erstarrt da. Alex' Schilderung hatte sie verstummen lassen.

Lauren rührte sich als Erste.

»Das ist ja furchtbar«, sagte sie. »Eine schreckliche Geschichte.«

»Ja.« Helen warf Alex einen Blick zu und antwortete dann an ihrer Stelle. »Wirklich schrecklich.«

»Aber«, sagte Lauren an sie gewandt, »wurde denn nichts unternommen?«

»Was denn zum Beispiel?«, fragte Helen.

»Ich weiß auch nicht. Hat die Schule nichts gemacht?«

Helen zuckte mit den Schultern. »Er ist von sich aus über das Brückengeländer gestiegen. Niemand hat ihn dazu gezwungen.«

»Doch!« Lauren schüttelte ungeduldig den Kopf. »Er ist über das Geländer gestiegen, um den anderen zu entkommen. Das war ihre Schuld. Man hätte sie ...«

»Was denn?«, fragte Helen und wurde plötzlich heftig. »Hätte man sie bestrafen sollen? Aber wen, Lauren? Alex hat doch gesagt: Es waren alle daran beteiligt. Du hast nicht richtig zugehört.«

»Er ist über das Geländer gestiegen, um uns allen zu entkommen«, sagte Alex mit einem tiefen Seufzer. »Alle kann man nicht bestrafen. Aber du hast trotzdem Recht, die Schule hätte etwas unternehmen müssen ...«

»Aber das hat sie nicht«, führte Helen den Satz für sie zu Ende. »Jenkins, der damalige Schulleiter, war ein hoffnungsloser Fall. Er hat einfach alles unter den Teppich gekehrt. Wie hat er das doch gleich bezeichnet?«

»Als Dummerjungenstreich. So hat er das am nächsten Tag auf der Schulversammlung genannt«, sagte Alex. »Vielleicht wär's anders gelaufen, wenn Mr Derby damals schon Direktor gewesen wäre ...«

»War er aber nicht. Und so wurde das einfach ignoriert. Das ist ja auch viel leichter, als dagegen anzugehen. Es ist viel einfacher, so zu tun, als wäre überhaupt nichts passiert.«

»Jetzt würde das anders laufen, Helen«, beharrte Alex.

Ihre Schwester kräuselte verächtlich die Lippe. »Vielleicht«, sagte sie spöttisch. »Mum geht morgen hin, dann werden wir ja sehen, wie's läuft. Und in der Zwischenzeit seht euch nur ja gut vor.« Sie wandte sich an Lauren. »Jetzt weißt du, wie sie sind. Was sie anderen Menschen antun. Alex hat dich nicht verraten – sie hatte einfach nur Angst, dass man mit dir genauso umgehen würde. Das ist alles.«

Lauren sah Helen an und hielt die Hände hoch.

»Ist ja gut, ist ja gut. Ich hab schon kapiert.« Sie drehte sich zu Alex um und sagte: »Ich schätze, ich muss mich bei dir entschuldigen.«

»Alles klar.« Mit einiger Mühe schaffte es Alex, ihr Lächeln zu erwidern. »Ich nehm die Entschuldigung an.«

»Du solltest dich aber auch bei deiner Mutter entschuldigen«, sagte Helen. »Du warst ganz schön unverschämt und hast ihr ein paar schreckliche Dinge an den Kopf geworfen.«

»Ja, ich weiß«, sagte Lauren und stand auf, um nach unten zu gehen.

Zwanzigstes Kapitel

Am nächsten Morgen standen alle früher auf als sonst. Alex' Mutter wollte sie mindestens eine halbe Stunde vor der üblichen Zeit aus dem Haus haben. Während sie den Wagen aus der Garage fuhr, zogen Alex und Helen ihre Mäntel an.

»Hier«, sagte Helen. »Nimm.«

»Ach so.« Alex warf einen kurzen Blick darauf und schüttelte den Kopf. »Ich weiß nicht, Helen ...«

»Was hast du denn? Gestern Abend hast du das noch für eine tolle Idee gehalten. Siehst du?« Helen zeigte auf die verschiedenen Tasten. »Hier musst du drücken und dann noch mal hier. Sonst ist alles fix und fertig – ich hab's schon eingestellt. Allerdings ...« Sie biss sich auf die Lippe. »Es könnte sein, dass es neue Batterien braucht.«

»Wo soll ich denn Batterien herkriegen?«, fragte Alex. »Ich hab kein Geld. Und überhaupt, ich hab mir das noch mal überlegt ... Das ist gar nicht nötig. Mum geht doch zum Direktor.«

»Hier.« Helen durchwühlte ihre Tasche nach Kleingeld. »Das dürfte reichen. Mach die Aufnahmen, Alex. Stell dir nur mal vor, irgendwas geht schief. Dann könnte das sehr wichtig sein. Man kann nie wissen. Vielleicht machen sie's so wie bei Bailey und wimmeln Mum damit ab, dass es sich nur um das übliche Schulhofgerangel handeln würde. Nichts weiter als kindischer Unfug. Oder sie streiten alles ab und berufen sich darauf, dass Aussage gegen Aussage steht.«

Alex schüttelte den Kopf. »Ich glaub nicht ...«

»Egal wie's kommt«, sagte Helen und stöhnte ungeduldig auf, »du brauchst auf jeden Fall Beweise und damit kannst du sie liefern. Wann kapierst du das endlich?«

»Ach, na gut.« Widerstrebend nahm Alex das Gerät entgegen. »Aber was mach ich wegen der Batterien?«

»Sag Mum, dass sie an der Tankstelle halten soll ...«

»Sie wird den Grund wissen wollen«, wandte Alex ein. »Und das Ding gehört Dad. Er wird stocksauer, wenn er ...«

»Dann haust du eben aus der Schule ab und läufst schnell mal zum Kiosk rüber. Du kommst so früh, dass du noch jede Menge Zeit dafür hast. Ach, und noch was, Alex ...«, fügte Helen rasch hinzu, während ein Hupen sie bereits zum Auto rief. »Heb jeden Mist auf, den du von ihnen bekommst. Zettel mit gemeinen Sprüchen und solche Sachen. Alles, was sich gegen sie verwenden lässt. Alles, hast du gehört?«

Alex nickte und schob das kleine Gerät in ihre Tasche. Dann zog sie die Haustür hinter sich ins Schloss.

»Der Direktor ist heute Morgen außer Haus, Mrs Lewis. Kann ich Ihnen vielleicht weiterhelfen?«

Alex' Mutter und Mrs Bridges, die stellvertretende Schulleiterin, konnten nur mit Mühe ihre gegenseitige Abneigung verbergen, die bis zu der Zeit zurückreichte, als Mrs Bridges die Direktorin der Grundschule war. Helen war in ihre Klasse gegangen und Mrs Bridges hatte sie als unaufmerksam abgestempelt und ihre unzureichenden Fortschritte darauf zurückgeführt. Wenn Mrs Lewis mit der Direktorin sprechen wollte, bekam sie nur

Beschwerden zu hören, dass Helen grundlos Theater mache. Dann stellte sich heraus, dass Helens Gehör stark eingeschränkt war. Mrs Bridges hatte die Besorgnis der Mutter als übertrieben abgetan und Janet Lewis war nicht gewillt einer so unsensiblen Frau die Probleme ihrer jüngeren Tochter anzuvertrauen.

»Wenn Sie gestatten, würde ich lieber mit ihm persönlich sprechen.«

»Dann sollten Sie einen Termin vereinbaren. Sprechen Sie das bitte mit der Sekretärin ab.« Sie sah im Terminkalender nach. »Heute Nachmittag müsste er verfügbar sein.«

»Könnte ich vielleicht Ms Quaid sprechen? Die Klassenlehrerin von Alex?«

Mrs Bridges schaute wieder in den Terminkalender.

»Ms Quaid ist beim Arzt«, sagte sie mit einem schmallippigen Lächeln. »Bedaure, sie ist ebenfalls nicht im Haus.«

Alex wartete draußen vor der Tür.

»Ich komme am Nachmittag wieder«, teilte Mrs Lewis ihr mit. »Kommst du bis dahin auch wirklich zurecht?«

»Ja, Mum. Bis dann.«

Alex sah ihr nach, als sie den Wagen aus der Parklücke fuhr und dann in die Straße einbog, den herbeiströmenden Massen aus Schülern und Eltern entgegen, die zur Schule wollten.

Am Kiosk drängte sich eine Menschentraube. Erwachsene kauften ihre Morgenzeitung, Kinder deckten sich mit Süßigkeiten ein und hatten die Qual der Wahl. Alex stellte sich hinten an der Schlange an und dachte darüber nach, was heute wohl alles passieren würde. Schon jetzt war allerhand schiefgelaufen. Sie tastete nach dem Gerät, das Helen ihr gegeben hatte. Vielleicht war das ja doch eine gute Idee.

»Bist du die Nächste?«

Die Stimme der Verkäuferin riss sie aus ihren Gedanken. Rings um sie herum wurden Hände hochgestreckt, die Süßigkeiten hielten oder mit einer Zeitung herumfuchtelten. Die Verkäuferin sah Alex ungeduldig an.

»Ja«, sagte Alex. »Ich hätte gern ein Päckchen Batterien. Nein, nicht die. Ich möchte solche mit einer extra langen Lebensdauer.«

Sie warf einen Blick auf ihre Uhr. Immer noch jede Menge Zeit. Alex huschte in eine Nebenstraße hinter dem Einkaufsviertel, legte dort die Batterien in das kleine Diktiergerät ein und machte sich dann auf den Rückweg zur Schule.

Die Nebenstraße war eine Abkürzung und schon nach kurzer Zeit hatte sie die kleine Gasse erreicht, die zur Hauptstraße führte. Mit einem Mal hörte sie Reifen surren und das leise Zischen und Quietschen einer Bremse. Ein Fahrrad. Direkt hinter ihr. Der Fahrer ließ sie weitergehen und fuhr dann so dicht an sie heran, dass sein Vorderrad fast ihre Beine streifte. Erst dann ließ er ihr wieder einen Vorsprung.

Alex ging weiter und tat so, als beachtete sie ihn gar nicht, aber in ihrem Kopf schrillten die Alarmglocken. Sie hätte sich nicht von der Menschenmenge entfernen dürfen. Vorsichtig sah sie sich nach allen Seiten um.

Links von ihr befand sich eine Backsteinmauer und rechts gab es nichts als Mülltonnen und die Hinterhöfe der Geschäfte. Das Rad kam wieder an und stieß ihr fast gegen die Kniekehlen. Wenn sie hier über mich herfallen, dachte sie, bin ich tot.

Als der Radfahrer das nächste Mal heranfuhr, blieb sie stehen. Die Bremsen quietschten, dennoch hätte er sie fast über den Haufen gefahren. Gummi rutschte über das Pflaster und das Rad fiel scheppernd zu Boden.

»Also gut!«, rief sie. »Was zum Teufel soll das?« Ihr grimmiger Gesichtsausdruck veränderte sich, als sie den Radfahrer erkannte. »Ach, du bist das. Tut mir leid, Dave.« David Morris stand breitbeinig über seinem umgekippten Rad und grinste ihr verlegen zu.

»Ich hab dich für jemand anderes gehalten.«

Alex trat schnell herbei und half ihm, das Rad wieder aufzuheben.

»Das hab ich gemerkt«, sagte David und nahm den Helm ab. »Ich dachte schon, du willst über mich herfallen. Ich hab dich gesehen, wie du hier eingebogen bist, und ich habe gerufen, aber es war, als wär ich gar nicht vorhanden. Deshalb bin ich von hinten an dich herangefahren. Das sollte nur ein Spaß sein.«

»Ich weiß.« Alex lächelte ihm zu. »Entschuldige. Ich hatte nicht mit dir gerechnet, das ist alles.«

Er schob das Rad und ging neben ihr her. Alex verfiel in Schweigen.

»He, warte mal.« David fasste sie leicht am Arm. »Hab ich dir was getan?«

»Was meinst du?«

»Krieg ich noch nicht mal ein ›Hallo, Dave. Wie war's in den Ferien?‹ Hast du daran gedacht, die Blumen zu gießen?«

»Ach, Dave. Es tut mir ja so leid!«

Er zuckte mit den Schultern. »Schon gut. Wahrscheinlich haben sie's überstanden. Nur gut, dass wir früher zurückgekommen sind.«

Alex gab keine Antwort.

»Danke der Nachfrage. Also«, fuhr David fort, »es hat geregnet und war eiskalt. Dad war erkältet und hat die ganze Zeit nur rumgejammert und Mum war von uns allen total genervt.« Dann brach er ab und wurde plötzlich ernst. »Was ist los, Alex?«, fragte er.

»Nichts. Ich sag's dir später.«

»Nein.« Er verstellte ihr mit seinem Rad den Weg. »Ich will's jetzt wissen!«

»Na gut.« Alex sah sich nach allen Seiten um. »Es hat sich einiges verändert, während du weg warst. Es ist allerhand passiert.«

»Was denn zum Beispiel?«

»Zum Beispiel ... Du weißt doch noch, was letzte Woche mit Lauren Price war?«

David nickte.

»Also, sie gehen jetzt auch auf mich los. Wir bekommen die Bailey-Behandlung verpasst, alle beide.«

»Wieso?« David sah sie erstaunt an. »Ich wusste nicht mal, dass du mit ihr befreundet bist.«

»Das ist einer der Gründe.« Alex zuckte mit den Schultern. »Komm jetzt, es klingelt gleich. Den Rest erzähl ich dir unterwegs.«

David zog los, um sein Fahrrad abzustellen, und Alex ging allein weiter. Als sie in den Schulhof einbog, wurde sie an der Schulter gepackt. Sie fuhr heftig zusammen, dann drehte sie sich langsam um.

Es war Lauren.

»Komm mal einen Augenblick mit.« Alex zog sie hinter eine Mauer. »Ich muss dir was zeigen.«

»Ich möchte mich für gestern entschuldigen«, sagte Lauren. »Zu Hause haben Mum und ich noch lange geredet – ich hab vieles falsch gesehen. Und – und ich möchte mich dafür bedanken ... dass du das richtiggestellt hast. Bei dem Gespräch mit Mum hab ich's kapiert – ich war ganz schön stur ...«

»Lass doch«, sagte Alex.

Sie sah sich nach allen Seiten um und achtete sorgfältig darauf, dass niemand sie beobachtete. Dann zog sie etwas aus der Tasche. »Moment noch.« Sie fummelte an den Tasten herum, suchte die richtige Stelle. »Hör dir das mal an.«

»... muss dir was zeigen ...« Es folgte eine Pause, in der Stoffrascheln und allgemeine Hintergrundgeräusche zu hören waren. Und dann Lauren, die sagte: »Ich möchte mich für gestern entschuldigen ...«

Lauren hörte sich ihre stockend vorgetragene Rede an und starrte verdutzt auf das kleine Diktiergerät.

»Hey!« Sie versuchte es an sich zu reißen. »Gib das her!«

Alex fing an zu lachen. »Keine Chance! Lauren Price entschuldigt sich. Das ist Gold wert!«

»Gib das her! Sonst ...«

Alex zog es schnell weg und hielt es außerhalb ihrer Reichweite.

»Reg dich ab. Ich hab das nur gemacht, damit du siehst, wie es funktioniert.«

»Wehe, du löschst das nicht!« Lauren funkelte sie böse an.

»Okay, okay.« Alex drückte auf eine Taste. »Siehst du? Schon erledigt. Wir können die anderen damit aufnehmen – wenn sie uns drohen und solche Sachen. Dann stellen wir das Gerät an. Zum Beweis.«

»Wirklich cool, diese Idee.« Lauren zog bewundernd die Augenbrauen hoch.

Alex geriet in Versuchung, das Lob einzuheimsen, aber sie gestand dann doch, dass der Einfall von Helen stammte.

»Ist doch egal«, sagte Lauren leise. »Aber auf jeden Fall solltest du das Ding jetzt wieder wegstecken und es einschalten. Es geht nämlich los, Alex.«

Plötzlich waren sie von den Bridge Boys umringt. Sie schnitten ihnen den Weg zum Schulhof ab.

»Habt ihr's dabei?«, fragte Greg Simpson.

»Was sollen wir haben?«, gab Alex zurück.

»Das weißt du ganz genau. Das Geld.«

Seine Gang rückte näher heran.

»Nein«, sagte Alex. »Ich hab vergessen, wie viel.«

»Komm mir nicht auf die witzige Tour, Alex.« Greg Simpson packte sie am Arm.

»Au, lass los. Du tust mir weh!«, schrie Alex.

»Halt die Klappe, du blöde Kuh.« Er verdrehte ihr das

Handgelenk, ließ dann aber los. »Zehn Mäuse. Fünf von jeder von euch, so hatten wir es ausgemacht. Und jeder Tag Verspätung kostet euch ein Pfund mehr – von jetzt an.«

»Und wenn wir nicht zahlen?«, fragte Lauren.

»Dann«, sagte Greg und verzog seine schmalen Lippen zu einem breiten Grinsen, »dann ist deine Schwester dran.« Er wies mit dem Daumen zu Alex hinüber. »Sie weiß Bescheid. In der Mittagspause will ich Geld sehen.«

»Wie sollen wir das bis dahin denn auftreiben?«, rief Alex.

»Das ist euer Problem. Ihr könnt ja einen Laden ausrauben oder so. Bis dann!«

Einundzwanzigstes Kapitel

»Was soll das heißen?«, fragte Lauren, als die Bridge Boys gegangen waren. »Was sollte das mit Caroline? Was hat er damit gemeint, Alex?«

»Nichts – das war nur so dahingesagt, keine Sorge. Moment mal.« Alex holte das Gerät aus ihrer Tasche. »Schauen wir doch mal, ob das drauf ist.«

Sie drückte auf den Rücklauf. Ein Durcheinander aus schnellen Quietschtönen war zu hören.

»Hey, es hat funktioniert«, sagte Lauren aufgeregt. »Damit können wir jetzt sofort zu Ms Quaid gehen und es ihr vorspielen ...«

»Nein, das geht leider nicht.«

»Wieso nicht?«, fragte Lauren verdutzt.

»Weil sie heute Vormittag nicht da ist. Das hat mir meine Mutter gesagt.«

»Was machen wir jetzt?«, flüsterte Lauren, als sie sich für die Schulversammlung aufstellten. »Wenn Caroline etwas passiert …«

»Sei mal einen Augenblick still und lass mich nachdenken«, flüsterte Alex zurück.

»Na, dann denk mal ein bisschen schneller. Das war schließlich deine Idee.«

»Oh, vielen Dank. Also weißt du, ich muss das nicht machen …«

»Schön!« Lauren rückte von Alex ab und trat aus der Reihe. »Dann lässt du's eben!«

»O-oh, was haben die beiden denn?«, tuschelte Andrea dem Mädchen hinter ihr kichernd zu. »Dicke Luft bei den Turteltäubchen?«

»Du hältst die Klappe, Andrea, sonst dreh ich dir deinen schäbigen Hals um.« Alex fuhr zu ihr herum und packte sie am Schlafittchen. Andrea stieß ein Protestgeheul aus.

»Was ist dahinten los?«, rief Mrs Bridges von der Tür.

Alex zerrte Lauren wieder neben sich in die Reihe. Lauren versuchte sich loszureißen, aber Alex hielt sie am Handgelenk fest.

»Hör mit diesen Dummheiten auf«, zischte sie Lauren aus dem Mundwinkel zu. »Ich kann auch nichts dran ändern, dass Ms Quaid nicht da ist.«

Mrs Bridges kam mit ihnen in die Klasse und ließ sich am Pult von Ms Quaid nieder.

Sie hatte einen Stapel Klassenarbeiten dabei, die sie korrigieren wollte.

»Noch Fragen?«, erkundigte sie sich, nachdem sie ihre Anweisungen für die Klasse heruntergerasselt hatte.

»Ja«, sagte Alex. »Wann kommt Ms Quaid wieder?«

»Heute Mittag«, fauchte Mrs Bridges und funkelte Alex böse an. »Aber das ist doch wohl ihre Sache. Ich wüsste nicht, was dich die Privatangelegenheiten des Lehrkörpers angehen, Alex Lewis.« Sie wandte sich von ihr ab und richtete das Wort an die gesamte Klasse. »Ich will jetzt kein Wort mehr hören. Eure Aufgaben stehen an der Tafel, also fangt an.«

Der Vormittag zog sich endlos hin. Alex hatte Lauren versichert, dass Caroline nichts passieren würde, aber bis zur Mittagspause dauerte es noch lange und sie konnte für nichts garantieren. Sie hielt den Kopf gesenkt, tat so, als wäre sie mit den Aufgaben beschäftigt, und schaute nur ab und zu mal hoch.

Sie müsste dringend mit Lauren sprechen, um mit ihr gemeinsam zu überlegen, was zu tun war. Aber das war ein hoffnungsloses Unterfangen. Mrs Bridges war wie diese Echsen, die ihre Augen in sämtliche Richtungen drehen können. Ein Auge war auf die Hefte vor ihr gerichtet, während das andere unablässig hin und her schwenkte und genau aufpasste, dass in der Klasse niemand sprach oder sich regte.

Der heftige Regen, der kurz nach neun eingesetzt hatte, ließ wieder nach. Es sah so aus, als könnten sie in der

Zwischenpause doch auf den Schulhof hinaus. Alex stand langsam auf. Ihr wäre es lieber gewesen, wenn die Schüler im Gebäude hätten bleiben müssen. In ihrer Klasse wäre Caroline in Sicherheit gewesen.

Als sie nach draußen kamen, regnete es nicht mehr und die Sonne kam hier und da wieder durch, aber überall waren Pfützen und es tropfte von den Bäumen. Lauren setzte sich die Kapuze ihres Sweatshirts auf und holte einen Haufen Zettel aus ihrer Beuteltasche.

»Die lagen alle in meinem Pult«, sagte Lauren und reichte sie Alex.

Alex betrachtete die zerknitterten Papierfetzen. Vom Dach tropfte Wasser herab und verwischte die Konturen der grob skizzierten Särge und der mit Filzstift ausgeführten Zeichnungen von Totenköpfen und bluttriefenden Schwertern. Auf einigen Särgen stand *Ruhe sanft, Caroline*, auf anderen *Lauren – zur letzten Ruhe – Alex Lewis*. Ein Messer durchbohrte die Buchstaben und rote Blutstropfen rannen daran hinunter. Alex steckte die Zeichnungen in die Jackentasche und klappte den Kragen hoch.

Einige Schüler liefen draußen herum, aber von den älteren hatten es die meisten nicht eilig, ins Freie zu kommen. Lauren und Alex liefen in bedrücktem Schweigen auf dem Schulhof auf und ab und platschten dabei durch die Pfützen, die sich auf dem unebenen Boden gebildet hatten.

»Was sollen wir machen, Alex?«, fragte Lauren schließlich. »Meinst du, wir sollten –?«

»Was?«, fragte Alex zurück. »Nach Hause gehen und das Geld holen? So viel hab ich nicht. Du etwa? Und überhaupt, was können sie uns schon tun? Am Nachmittag kommen unsere Mütter in die Schule.«

Lauren sah sich um. Die Sonne schien wieder und lockte immer mehr Leute nach draußen. Im Gewühl auf dem Schulhof hielt Lauren Ausschau nach Sandi und Greg und den übrigen Bridge Boys, konnte sie aber zu ihrer Erleichterung nirgends entdecken.

»Ja, ich weiß«, sagte sie mit einem tiefen Seufzer. »Ich mach mir nur Sorgen um Caroline.«

Es klingelte zum Ende ihrer Pause und dem Pausenbeginn der jüngeren Schüler.

»Ihr passiert schon nichts«, sagte Alex und lauschte dem Lärmen der Kleinen, die aus der Schule strömten. »Dort drin ist sie sicher.« Sie zeigte auf die Mauer zwischen den beiden Schulhöfen. »So sicher wie in Abrahams Schoß.«

»Da hast du wohl Recht«, sagte Lauren lächelnd. »Jetzt komm, wir müssen rein.«

Sie wandten sich ab, um wieder in die Klasse zu gehen. Daher sahen sie nicht mehr, dass Sandi den Schulhof der Grundschule betrat. Auch die Lehrerin, die Pausenaufsicht hatte, bekam nichts davon mit, weil sie genau in diesem Augenblick bei einer Rauferei eingreifen musste, die unter ein paar Jungen ausgebrochen war.

»Es war gar nichts, Miss, ehrlich«, fing Greg Simpson mit seiner Erklärung an. »Nur ein Spiel, das ein bisschen zu wild geworden ist. Aber wir spielen doch bloß, Miss.«

Sandi brauchte nicht lange für ihren Auftrag. Schon

bald war sie wieder auf ihrem Schulhof und ging an den Jungen vorbei. Dabei pfiff sie und urplötzlich hörten die Jungen mit ihren Unschuldsbeteuerungen und den Streitereien untereinander auf. Sie kehrten bereitwillig in ihre Klassen zurück und die Lehrerin widmete sich wieder ihrer Aufsichtspflicht auf dem Schulhof. Sie trank einen Schluck von ihrem Tee und verzog angewidert das Gesicht, weil er schon fast kalt war. Soweit sie das beurteilen konnte, war es bei dem Streit um nichts und wieder nichts gegangen, aber es hatte sie doch einige Minuten gekostet, ihn zu schlichten.

Alex und Lauren hatten beschlossen sich in der Mittagspause im Speisesaal möglichst unbefangen zu geben, aber als Greg auf sie zukam, spürte Alex, wie ihr Herz heftig zu pochen begann. Mit zitternder Hand holte sie das Diktiergerät hervor, legte es auf den Tisch und schirmte es so ab, dass es nicht zu sehen war.

»Was machst du denn hier?«

Greg Simpson beugte sich über den Esstisch zu Lauren hin. Sein Atem roch nach Käse und Salami.

»Ich hab dich gefragt, was du hier machst!«

»Ich esse zu Mittag, so wie alle anderen auch«, gab Lauren zurück. »Wonach sieht's denn aus?«

»Du hast aber kein Recht dazu«, sagte Greg und sprach jetzt lauter, damit alle ihn hören konnten. »Weil du nämlich nicht so bist wie alle anderen, nicht wahr?« Er legte links und rechts von ihr seine Fäuste auf den Tisch und sagte leise: »Du weißt ja, was passiert, wenn du's nicht holst.«

»Wenn ich was nicht hole?«

»Das Geld. Du hast eine klare Anweisung bekommen: Besorg das Geld oder ...«

»Oder was?«

»Oder deine Schwester bekommt einen Haarschnitt verpasst.«

»Ich glaube nicht, dass ihr das macht«, fiel Alex ihm ins Wort.

Greg Simpson grinste. Hinter seinen halb geschlossenen Lidern sah man die Augen funkeln.

»Erkennst du das wieder?«

Er langte in die Tasche seiner Baseballjacke, zog etwas hervor und hielt es so, dass nur sie sehen konnten, was es war: die etwas schmuddelige grün-weiß getupfte Haarschleife mit den ausgefransten Enden, die Caroline heute Morgen getragen hatte. Sein Grinsen breitete sich zu seiner vollen Bösartigkeit aus. Genüsslich betrachtete er den Ausdruck auf Laurens Gesicht, als sie die dünne, blonde Haarsträhne entdeckte, die noch daran hing.

»Kleine Kinder sind ja so zutraulich, meinst du nicht auch, Alex?« Er lachte leise und schüttelte den Kopf. »Das ist nur der Anfang, damit ihr kapiert, dass man sich mit mir nicht anlegt.« In einem einzigen Atemzug schlug der Hohn in seiner Stimme in eine knallharte Drohung um. »Besorgt das Geld. Wenn nicht, nehm ich sie mir richtig vor, und zwar damit.« Er bog die Finger seiner anderen Hand so weit zurück, dass ein Messer mit einem Griff aus Holz und Messing sichtbar wurde. »Und euch auch. Das ist ein Versprechen.«

Alex spürte ihr Herz schwer in der Brust. Sie kam sich wie ausgewrungen vor und bekam kaum noch Luft. Sie mussten etwas unternehmen. Jetzt sofort. Aber was? Schreckensstarr sah sie zu Greg Simpson hoch. Lauren stand genauso unbeweglich neben ihr, so dicht, dass sich das Zittern in ihren Armen auf Alex übertrug. Ihr Mund war wie ausgedörrt und vor lauter Angst fiel es ihr schwer, einen klaren Gedanken zu fassen.

»Würdest du das bitte wiederholen? Diesmal vielleicht ein bisschen lauter.« Alex zog die Hände weg und sprach direkt in das Diktiergerät hinein, wobei sie sich alle Mühe gab, das Beben in ihrer Stimme zu unterdrücken. »Vielleicht möchtest du den Damen und Herren das Messer beschreiben, das du bei dir hast.«

»Was ist das denn?«

Simpsons Grinsen war wie weggewischt. Das hatte er nicht erwartet. Ein ängstlicher Ausdruck trat in sein Gesicht.

»Ein Diktiergerät. Was hast du denn geglaubt, was es ist?«, sagte Alex ruhig. Mit einem Mal wurde sie ganz gelassen. »Es hat alles aufgezeichnet, was du bisher gesagt hast. Möchtest du noch etwas hinzufügen?«

Simpson schwieg. Er schnappte nach dem Diktiergerät, aber Alex hatte es schon aus seiner Reichweite gefegt. David Morris fing es auf und reichte es an Neil Freeman weiter.

»Geh damit zu Ms Quaid«, sagte er, ohne die drei Gestalten am anderen Ende des Tischs aus den Augen zu lassen.

Neil nickte. Dann stand er schnell auf und ging zur Tür, froh darüber, etwas tun zu können. David konnte das nicht selbst erledigen. Er musste hierbleiben, für den Fall, dass Alex und Lauren seine Hilfe benötigten.

Greg wollte hinterher, aber Lauren packte ihn am Arm.

»Er bringt das Band weg.« Sie hielt ihn am Ärmel fest und drehte den Stoff zusammen, damit Greg sich nicht so leicht losreißen konnte. »Und du hörst zu. Unsere Mütter kommen heute Nachmittag in die Schule, um mit dem Direktor zu sprechen. Und wenn uns oder meiner Schwester etwas passiert, wird die Polizei eingeschaltet.«

Simpson schaute sich nach seinen Gefolgsleuten um, aber als von der Polizei die Rede war, hatte sich seine Gang an ihren Platz verzogen und zeigte großes Interesse an ihrem Mittagessen.

Als er sich wieder umdrehte, fand er sich Mrs Brody gegenüber, die im Speisesaal die Aufsicht führte. Sie funkelte ihn böse an. »Was geht hier vor?«, fragte sie und stieß Greg auf seinen Platz zurück.

»Nichts. Wir haben uns nur unterhalten.« Simpson legte den Deckel auf seine Brotdose und wollte aufstehen.

»Augenblick noch.« Mrs Brody verschränkte die Arme vor der Brust und baute sich vor ihm auf.

»Er hat ein Messer dabei, Mrs Brody«, sagte David Morris leise.

»Ja, wo denn?« Greg versuchte seine gewohnte Überheblichkeit an den Tag zu legen, aber die Angst war ihm jetzt auch in die Augen gestiegen und seine Stimme wurde vor Panik hoch und schrill. »Hat einer von euch ein Messer gesehen?« Er schaute in die Runde. Als niemand etwas sagte, kehrte seine Keckheit zurück. »Na los, durchsucht mich doch.«

Er stand auf und begann seine Taschen auszuleeren.

»Er hat es bei seinen Broten versteckt«, sagte David. »Schauen Sie in seiner Dose nach.«

Mrs Brody legte ihre Hand eine Sekunde vor Greg auf die Dose. »Aufmachen!«, befahl sie.

Langsam nahm er den Plastikdeckel ab.

»Na bitte!« Er grinste. »Was hab ich gesagt? Nichts!«

»Sie müssen innen in seiner Brotschnitte nachsehen, Mrs Brody«, sagte David.

»Nimm das Brot heraus!« Mrs Brody, die Arme immer noch vor der Brust verschränkt, stand unbeweglich da und schaute auf Greg hinunter. »Halt es hoch. Noch höher, damit ich es sehen kann.«

Greg schirmte seine ramponierte Brotschnitte mit der Hand ab.

»Klapp es auseinander.«

»Da ist nichts. Ehrlich. Glauben Sie mir doch. Nur der Belag. Bitte ...«

Unter ihrem eiskalten Blick begann er sinnloses Zeug zu plappern. Schließlich blieb ihm nichts anderes übrig, als ihren Anweisungen Folge zu leisten. Das Messer war da, eingehüllt in Butter und Salami, und alle konnten es sehen.

»Es hat gar keine richtige Klinge. Himmel noch mal, das ist doch bloß ein Taschenmesser. Und überhaupt«, fügte er noch hinzu, »es ist viel zu klein, als dass man damit Schaden anrichten könnte.«

Er ließ es auf den Boden fallen und kickte es quer durch den Speisesaal seinen Gangmitgliedern zu, aber keiner von ihnen machte Anstalten, es aufzuheben.

»Was hatte es dann in deinem Brot zu suchen? Ein komischer Aufbewahrungsort für ein Taschenmesser.« Mrs Brody ignorierte das Gekicher, das sich ringsum erhob, und sah Simpson unverwandt weiter an. »Los, geh hin, heb das – das Ding – auf und bring es her.«

Aber er haute ab, rannte zur Tür. Unterwegs kippten Stühle um. Vom Servierwagen am Eingang krachten Tabletts herunter und Essensreste flogen durch den Raum. Dann schwangen die Türflügel wild hin und her. Ein Tablett wirbelte um seine eigene Achse und kam langsam zum Halt. Besteck, das klirrend zu Boden gefallen war, rutschte noch ein Stück weiter und blieb schließlich am anderen Ende des Raums unter den Tischen liegen.

»Alles in Ordnung mit dir, Schätzchen?« Mrs Brody beugte sich über Lauren. »Das ist ein unangenehmer Typ, genau wie sein Bruder. Kleine Dreckskerle, alle beide. Hast du das gesehen, Maggie?« Sie wandte sich zu der Frau hinter der Durchreiche um.

Ihre Kollegin schüttelte den Kopf.

»Der Direktor wird davon erfahren. Das ist ja kriminell. Ein richtig kriminelles Verhalten. So was dulde ich nicht in meinem Speisesaal.«

Zweiundzwanzigstes Kapitel Der Schulleiter stellte das Band ab. Die Stimmen und die gedämpften Hintergrundgeräusche im Speisesaal vor einer halben Stunde erstarben. In seinem Büro herrschte Stille.

Als er die Zeichnungen und die zerknitterten Zettelbotschaften betrachtete, die kreuz und quer auf den säuberlichen Papierstapeln auf seinem Schreibtisch lagen, presste er die Lippen so fest zusammen, dass sein Mund zu einem schmalen Strich wurde.

»Ich habe schon mit Mrs Brody über den Vorfall in der Mittagspause gesprochen«, sagte er, »und ich nehme das sehr, sehr ernst. Nach allem, was ich von Ihnen erfahren habe« – er sah Ms Quaid an, die seitlich an seinem Schreibtisch saß – »und von euch« – jetzt nickte er zu Alex und Lauren hinüber, die sich ihm gegenüber einen Stuhl teilten und unruhig auf der Kante herumrutschten –, »scheint mir das der Höhepunkt einer ganzen Kette von Ereignissen zu sein, die allesamt auf eine systematische Ausgrenzung und brutale Schikane hinauslaufen.«

Mit einer nervösen Handbewegung fuhr er sich durch seine lockigen blonden Haare. »Es hat sich diese Woche ja schon einmal etwas zugetragen. Diese Briefe nach Hause – also, Ms Quaid hat große Besorgnis geäußert, aber, nun ja« – er zeigte auf die Papiere, die sich vor ihm stapelten –, »ich muss mich um so viel kümmern, dass ich das als unwichtig abgetan habe. Das hätte nicht passieren dürfen. Es tut mir sehr leid. Ich habe einen Fehler gemacht und möchte mich dafür entschuldigen.«

Er lächelte ihnen zu und griff nach einem Stift. »Alex, Lauren, ihr könnt jetzt gehen. Ms Quaid kommt gleich nach, aber ich muss noch einige Dinge mit ihr besprechen. Gebt das hier Mrs Bridges. Das erklärt, warum ihr zu spät kommt.«

Er kritzelte eine Nachricht auf einen Notizblock, riss den Zettel ab und reichte ihn Lauren. Die beiden Mädchen standen auf und wandten sich zum Gehen.

Ms Quaid verschränkte die Arme vor der Brust. »Mr Derby«, fing sie an, »ich finde, sie sollten bleiben. Es war sehr mutig von den beiden, uns über diese Geschehnisse zu informieren. Und ich meine, sie haben ein Recht darauf, zu erfahren, was wir dagegen unternehmen wollen.«

»Ja, natürlich. Also ...« Er stieß seinen Stuhl zurück und stand unvermittelt auf, ragte hoch über ihnen empor. Im ersten Augenblick dachte Alex, er wäre böse auf sie, und sie bekam es mit der Angst zu tun. Als der Direktor ihren Gesichtsausdruck bemerkte, setzte er sich wieder. »Fangen wir mit Simpson an ...«

»Er ist aus der Schule davongelaufen«, sagte Ms Quaid. »Einfach weg.«

»Dabei bleibt es auch. Seine Eltern sollen eine andere Schule suchen, an der er seine Ausbildung fortsetzen kann. Die anderen sind ab sofort vom Unterricht ausgeschlossen und dürfen erst wieder teilnehmen, wenn ich mit ihnen und ihren Eltern gesprochen habe. Ich will dieser Sache ein für alle Mal ein Ende bereiten – selbst wenn das bedeutet, dass sie bis Schuljahrsende jeden Tag nachsitzen.«

Dann wandte er sich an Alex und Lauren, und sein Tonfall wurde freundlicher. »Wenn sie versuchen sich wieder an euch heranzumachen oder wenn sonst auch nur das Geringste passiert, kommt ihr sofort zu mir. Versprochen?«

Die beiden Mädchen nickten. »Ich werde in dieser Angelegenheit die Hilfe von Experten einholen, damit alle Aspekte berücksichtigt werden. Wir müssen ein Projekt ins Leben rufen.« Er schaute zu Alex hinüber. »Jetzt läuft das anders. Nicht mehr so wie in der Vergangenheit …«

Da Alex sich nicht sicher war, ob von ihr eine Antwort erwartet wurde, blieb sie still.

»Weißt du, auch solche Schlägertypen brauchen Hilfe. Nicht wahr, Ms Quaid?«, sagte der Direktor nach einer längeren Pause.

»Ja«, pflichtete die Lehrerin ihm bei. »Vielleicht sogar noch mehr als die Leute, die sie schikanieren.«

Genau in diesem Augenblick surrte die Sprechanlage auf seinem Schreibtisch.

»Hier ist Besuch für Sie. Mrs Lewis und Mrs Price möchten Sie gern sprechen«, verkündete eine körperlose Stimme.

Mr Derby drückte auf einen Knopf. »Ich lasse bitten«, sagte er. »Und, Sally, könnten Sie uns vielleicht einen Kaffee bringen?«

Sobald die Tür zum Direktionszimmer hinter ihnen ins Schloss fiel, sauste Lauren auch schon davon. Alex konnte sie nur mit Mühe einholen und hätte dabei um ein Haar die Lehrerin über den Haufen gerannt, die auf dem Schulhof die Aufsicht führte.

Sie fanden Caroline im Spielbereich des Schulhofs. Dort saß sie auf dem weichen Bodenbelag und sah geduldig die Holzspäne durch, aus denen er bestand. Sie hielt den Kopf gesenkt und Alex konnte sehen, dass ihr langer, blonder Zopf jetzt von einem braunen Gummiring zusammengehalten wurde. Das Zopfende bestand aus einem kleinen, dicken Stummel, der ein bisschen wie ein struppiger Pinsel aussah.

»Geht's dir gut?«, stieß Lauren keuchend hervor. Sie war so schnell gerannt, dass sie kaum noch Luft bekam.

»Klar doch«, sagte Caroline, ohne dabei auch nur aufzuschauen. »Geh da weg, Lauren. Ich hab dort noch nicht nachgesehen. Du hast jetzt vielleicht schon Hunderte von ihnen zerquetscht.«

»Hunderte von was?«, fragte Alex.

»Von Asseln. Die leben hier in diesem Zeug.« Caroline rührte mit der rechten Hand in den Spänen herum. »Ich sammle sie, und wenn ich genügend beisammenhabe, steck ich sie Yvonne Mitchell in die Unterhose.«

»O nein, das lässt du hübsch bleiben«, sagte Lauren ruhig. »Lass sie frei.«

Alex zuckte zurück, als Caroline widerstrebend ihre schmuddelige Faust öffnete und eine Sammlung grau gepanzerter Insekten die Flucht ergriff.

»Jetzt steh auf«, befahl Lauren, »und erzähl uns, was genau passiert ist.«

»Sie haben mich reingelegt«, beschwerte sich Caroline zornig. »Diese dicke Yvonne aus der vierten Klasse und ihre Schwester Sandi. Sie haben mit mir um fünfzig Pence gewettet, dass ich mir das Zopfende nicht abschneiden würde. Und dann haben sie nicht gezahlt, obwohl ich es gemacht habe. Sandi hat mir auch noch die Haarschleife runtergerissen und ist damit abgehauen. Das war meine Lieblingsschleife, die will ich wiederhaben. Du hast ganz Recht, Lauren«, fügte sie noch hinzu und sah sich nach allen Seiten um. »Das sind wirklich miese Schreckschrauben. Ein unverschämter Haufen, die ganze Bande.«

Dreiundzwanzigstes Kapitel

In der Klasse Sieben Q war es am Montag sehr still. Die Stimmung war gedämpft. Ohne Sandi, Greg und die Bridge Boys wirkte der Raum viel zu groß für die Klasse.

Komisch, wie schnell sich alles verändern kann, dachte Alex, als sie ihr Buch aus dem Pult holte. Von Ausgestoßenen, die nur noch einander hatten, waren sie und Lauren innerhalb weniger Tage fast zu Helden avanciert. Alex kam damit nur schwer zurecht. Niemand sagte etwas oder entschuldigte sich, alle plapperten nur nervös drauflos, schwirrten ständig um sie herum und erdrückten sie fast mit ihren Bemühungen.

»Ich würde mich wirklich sehr freuen, wenn du kommst, Alex«, sagte Josie.

Sie hatte am Sonntagnachmittag angerufen, um sie einzuladen, und kaum waren sie in der Schule, fing sie schon wieder damit an. Sie flehte Alex förmlich an auf ihre Geburtstagsfeier mit Grillparty und Disco zu kommen.

»Und Lauren auch«, fügte sie jetzt noch hinzu.

»Fragst du sie?«

Zuerst wollte Alex ablehnen, vor allem weil es ganz so aussah, als sollte sie im letzten Augenblick einer geschrumpften Gästeliste hinzugefügt werden, nachdem Sandi ausfiel und niemand mehr mit Andrea redete. Aber sie hatte sich mit ihrer Mutter beraten und sie waren zu dem Ergebnis gekommen, dass es sinnlos war, nachtragend zu sein.

»Ja«, sagte sie, »ich komme. Für Lauren kann ich allerdings nicht sprechen. Du musst sie schon selber fragen.«

Josie wirkte plötzlich unsicher, aber dann trat sie an Laurens Tisch. Einen Augenblick lang blieb sie zögernd stehen, schluckte schwer und sprach sie schließlich an.

Lauren sah misstrauisch zu ihr auf. Sie zog die Stirn kraus und Alex war überzeugt davon, dass sie Nein sagen würde, aber das war nicht der Fall. Sie zuckte mit den Schultern, lächelte und sagte: »Ja, warum nicht?«

Mit einem selbstgefälligen Grinsen kehrte Josie zurück und verkündete, dass sie Lauren alle ganz falsch eingeschätzt hatten. Wenn man sie erst näher kennenlernte, wäre sie richtig nett.

»Hey, Dave! Wo wollt ihr hin?«, rief Alex.

Die beiden Jungen blieben an der Ecke stehen und warteten auf sie.

»Wir müssen unsere Fahrräder wegschaffen«, sagte Neil, als die Mädchen bei ihnen angelangt waren. »Das hat mit den neuen Klassenräumen zu tun, die es geben soll.«

Die Fahrradschuppen befanden sich am Teich hinter dem Schulgebäude. Dort waren sie zusammen mit den Mülltonnen und allem anderen, was niemand sehen sollte, hinter den baufälligen Baracken versteckt, in denen sich die provisorischen Klassenräume befanden.

Als sie dort ankamen, stellten sie erstaunt fest, dass es auf dem Gelände von Männern nur so wimmelte. Sie trugen Arbeitskleidung in Leuchtfarben und hatten Schutzhelme auf. Manche von ihnen lugten mit zusammengekniffenen Augen in Messinstrumente, andere nahmen mit ausgerollten Schnüren Maß.

»Warum müssen wir die Räder wegbringen?«, rief David einem der Männer zu.

»Der Theodolit braucht freien Raum.«

David schüttelte verständnislos den Kopf.

»Für Vermessungen«, erklärte der Mann. »Das wird hier alles abgerissen. Von da« – er zeigte mit dem Daumen – »bis dort.« Er wies auf die Mauer hinter der Werkstatt des Hausmeisters. »Und bis zum Herbst entsteht hier ein neuer Gebäudetrakt.«

»Das ist aber doch die Werkstatt des Hausmeisters!«

»Die kommt weg, mein Junge. Alles ganz vermodert. Und überhaupt, es ist gar keine richtige Werkstatt und sie gehört auch nicht dem Hausmeister. Das ist städtisches Eigentum.« Der Mann runzelte verwundert die Stirn. Die Reaktion der Kinder war doch sehr seltsam.

Man sollte doch meinen, dass sie sich freuen, wenn sie schöne, neue Klassenräume bekommen, dachte er und wandte sich wieder seiner Arbeit zu.

Die vier Kinder standen schweigend da. Diese Nachricht mussten sie erst verdauen. Baileys Werkstatt sollte verschwinden. Einer der ganz besonderen Orte der Schule war dem Abriss preisgegeben. Dabei war die Werkstatt eine Art Markstein, ein Geheimplatz, um den sich Geschichten rankten. Und nach dem Sommer würde es ihn nicht mehr geben. Er wäre einfach nicht mehr da.

Mit einem Mal schoss David hoch und zog eine Riesenschau ab, brachte damit zum Ausdruck, was sie alle dachten. Er schnitt fürchterliche Grimassen und gab gespenstische Töne von sich. Einige der Arbeiter fingen an zu lachen.

»Michael Bailey, Michael Bailey«, rief David feierlich. »Armer, ruheloser Geist. Wo findest du eine neue Heimstatt?«

»Sei still, Dave! Führ dich nicht so blöd auf!«, schrie Alex.

»Das war doch bloß ein Witz, Alex«, sagte David, aber sie war schon gegangen.

Als sie wieder auf dem Schulhof waren, mischten sich David und Neil unter die Jungen, die mit ihrem niemals endenden Footballspiel zugange waren. Das lief das ganze Jahr über, aber bei den Mädchen gab es je nach Jahreszeit unterschiedliche Beschäftigungen und jetzt war Seilspringen angesagt. Zwar hielten sich viele Mädchen aus der siebten Klasse schon für zu alt dafür, aber sie ließen sich meistens dann doch überreden.

Andrea schlenderte über den Schulhof und suchte Leute zum Mitspielen.

Es gab sonst kaum etwas, worin sie richtig gut war, aber im Seilhüpfen konnte ihr niemand das Wasser reichen. Sie beherrschte alle Varianten und die kompliziertesten Kunststücke. Und sie hatte das beste Seil. Keine billige Wäscheleine, sondern ein richtiges Springseil, lang und stark, mit stabilen Griffen und so gut umsäumt, dass es nicht ausfransen konnte. Wie eine dicke, blaue Schlange hing es in großen Schlaufen von ihrer Schultasche herab, aber heute konnte es niemanden verlocken. Jede Gruppe, auf die sie zutrat, ignorierte sie. Schließlich wandte sie sich ab. Tränen stiegen ihr in die Augen und ihre Brillengläser beschlugen. Sie blinzelte heftig und nahm die Brille ab, putzte die Gläser an ihrer Jacke blank.

»Hallo, Andrea. Wie ich sehe, hast du dein Seil dabei. Wollen wir ein bisschen springen?«

Sie setzte sich die Brille schnell wieder auf und sah Alex Lewis vor sich.

»Willst du mich ver...«

»Nein.« Alex lachte. »Ehrlich. Jetzt mach schon. Hol dein Seil raus. Wir springen eine Runde. Du, Lauren und ich.«

»Hey«, sagte Lauren. Sie war genauso verdattert wie Andrea. »Moment mal, Alex ...«

Alex wandte sich zu ihr um. »Was hast du denn? Ich dachte, wir wären uns einig, dass wir die Vergangenheit auf sich beruhen lassen? Weißt du nicht mehr?«

»Das – das ist es nicht ...« Sie senkte die Stimme zu einem Flüstern und zog Alex von Andrea weg. »Ich kann nicht seilhüpfen, Alex.«

»Aber du kannst doch das Seil schwingen, oder? Und überhaupt, das ist ganz leicht. Andrea ist Expertin darin – sie bringt's dir bei. Das machst du doch, oder?«

Andrea nickte und holte ihr Seil hervor. Sie war immer noch misstrauisch und wusste nicht so recht, worauf Alex hinauswollte. Aber alles war besser, als die ganze Zeit allein zu sein und niemanden zum Spielen zu haben.

Sie gab Lauren das eine Seilende und hielt das andere fest. Dann stellten sich die beiden Mädchen einander gegenüber.

»Okay!«, rief Alex. »Jetzt schwenkt es herum!«

Das Seil sauste durch die Luft und schlug auf dem Boden auf. Alex zählte die Umdrehungen mit und sprang dann hinein.

»Alle Mädchen auf die Plätze.
Jetzt beginnt die große Hetze.
Wer einen Freund will, springt hier mit ...«

Alex' Stimme hallte ringsum von den Mauern wider. Die Mädchen, die in Grüppchen und Cliquen beisammenstanden, drehten sich um und starrten sie an.

»... springt hier mit ... springt hier mit.«

Dieser Satz, der ständig wiederholt wurde, lockte sie schließlich an. Zuerst kamen Einzelne, dann ganze Gruppen. Josie und Melanie sprangen zu Alex unter das

Seil. Dann hüpften noch andere mit, bis niemand mehr hineinpasste.

»Schöne Spanierin! Schöne Spanierin!«, rief jemand. Andrea übergab das Seilende einem anderen Mädchen. Das war ihr Stichwort. Die anderen machten ihr Platz, als sie hineinsprang. Sie zählte ein paar Umdrehungen des Seils mit und führte dann die komplizierten Anweisungen, die ihr zugerufen wurden, mit vollendetem Geschick aus.

Als sie ihre Vorführung beendete, wurde ihr Abgang von Applaus begleitet.

»Und jetzt den kochenden Wasserkessel!«, rief eine andere Stimme.

Ein neuer Vers wurde angestimmt und diejenigen, die danach springen wollten, stellten sich der Reihe nach auf. Andrea streckte die Hand aus und wollte Lauren das Seilende abnehmen.

»Nein, ich hab euch doch schon gesagt – ich kann nicht springen.« Lauren schwenkte das Seil weiter herum.

»Mach schon. Gib her«, sagte Andrea. »Ich sag dir, was du tun musst. Es ist ganz leicht.«

Lauren übergab ihr das Seil und stellte sich an der Schlange an. Nervös sah sie den Mädchen vor ihr zu, die sich gekonnt unter das Seil duckten und mit müheloser Leichtigkeit sprangen. Ihr graute davor, an die Reihe zu kommen.

»So«, flüsterte Andrea ihr zu, als sie dran war. »Zähl jetzt die Umdrehungen mit. Und wenn das Seil heruntersaust – dann springst du rein. Los! Spring! Und weiterspringen! Weiterspringen!«

Lauren ignorierte die aufmunternden Zurufe von den anderen Mädchen. Sie konzentrierte sich ganz auf die Bewegungen ihrer Beine. Es war tatsächlich ganz leicht, wenn man erst mal im Rhythmus drin war.

»Und jetzt spring wieder raus!«

Andreas Stimme drang an ihr Ohr, aber sie reagierte einen Sekundenbruchteil zu spät. Sie hatte die Umdrehung falsch eingeschätzt und das Seil wickelte sich um ihren Fuß. Wenn Josie sie nicht aufgefangen hätte, wäre sie der Länge nach hingeknallt.

Alle lachten, sogar Alex. Aber das Gelächter war jetzt anders als früher. Lauren lachte mit.

»Alles in allem war das gar nicht so übel«, stellte Andrea anerkennend fest, als Lauren angehumpelt kam und sich ihren Knöchel rieb. »Alex, wirf das andere Ende rüber – wir müssen Schluss machen, es wird gleich klingeln.« Sie schaute die beiden Mädchen an. Hinter den dicken Brillengläsern wirkten ihre Augen riesengroß. »Aber wie wär's, wenn wir in der Mittagspause weitermachen? Habt ihr Lust?«

»Ja.« Alex nickte. »Warum nicht?«

Als sie sich vor der Tür aufstellten, lief Andrea zu Josie. Sie winkten Alex und Lauren zu sich heran, aber die beiden hielten Abstand. Sie wussten immer noch nicht so recht, ob sie ihnen trauen konnten. Aber eigentlich war das auch gar nicht so wichtig. Alex erwiderte Laurens Lächeln, als Ms Quaid die Klasse hereinrief. Wozu brauchten sie die anderen? Sie hatten ja einander.

Vierundzwanzigstes Kapitel

»Lauren? Spielst du Tennis?«

Alex hatte die Arme unter dem Kopf verschränkt und schaute zur Decke hoch. Es war das letzte Wochenende der Pfingstferien. Sie übernachtete bei Lauren, und solange sie leise waren, konnten sie im Dunkeln liegen und die ganze Nacht lang reden. Über Gott und die Welt.

»Ja, ein bisschen«, sagte Lauren. »Als wir noch in Perth wohnten, hab ich Tennis gespielt. Aber ich bin nicht supertoll oder so.«

»Du wirst auf jeden Fall besser sein als ich. Meinst du, dass du's mir beibringen kannst?«

»Ich denk schon. Warum?«

»Also ...« Alex zappelte in ihrem Schlafsack herum, wand sich hin und her. »David Morris fragt mich dauernd, ob ich mit auf den Tennisplatz komme. Und ich will nicht immer Nein sagen, aber ich bin so ein hoffnungsloser Fall ...«

Lauren lachte. »Oh, ich verstehe ...«

»Du verstehst überhaupt nichts!« Alex stemmte sich auf die Ellbogen hoch. »So ist das nicht!«

»Ach nein?« Lauren beugte sich über die Bettkante zu ihr hinunter und grinste boshaft.

»Nein, wir sind einfach nur Freunde ...«

»Keine Sorge, Alex, bei mir ist dein Geheimnis gut aufgehoben. Außerdem ist er ja wirklich nett – und sieht gut aus.«

»Wie oft soll ich dir noch sagen ...«

»Ist ja gut, ist ja gut. Wir können morgen in den Park gehen. Du kannst Mums Schläger nehmen.«

»In Ordnung.« Alex legte sich wieder hin. »Das machen wir. Aber du darfst dich nicht über mich lustig machen.«

»Okay, versprochen!« Lauren lachte.

Es blieb so lange still, dass Alex schon glaubte, Lauren wäre eingeschlafen. Sie lag in ihrem Schlafsack und betrachtete die Masken an der Wand. In dem schwachen Lichtschein, der von der Straße hereindrang, hätten sie eigentlich noch furchterregender wirken müssen als sonst, aber das war nicht der Fall. Sie sahen geheimnisvoll aus und voller Macht. Lauren hatte ihr erzählt, dass sie so grausig gestaltet wurden, damit sie die bösen Geister vertrieben. Vielleicht ist da ja was dran, dachte Alex still für sich.

»Du hast mir nie erzählt, was genau mit ihm passiert ist.« Laurens Stimme erklang so unvermittelt aus dem Dunkel, dass Alex zusammenfuhr.

»Mit wem?«, fragte sie.

»Michael Bailey. Was ist aus ihm geworden?«

»Wie kommst du jetzt plötzlich auf ihn?«

»Ich weiß auch nicht.« Lauren gähnte. »Ich hab daran gedacht, wie ich in den Park gegangen bin, damals an dem Tag, als Caroline verschwunden war, und wie wir bei Baileys Werkstatt gelandet sind.«

»Das ist seltsam«, sagte Alex. »Ich hab auch an ihn gedacht – in gewisser Weise. Neulich hab ich ihn gesehen. Im wirklichen Leben. Echt.«

»Wann? Davon hast du mir ja gar nichts erzählt.«

»Das war in der Zeit, als du in Schottland warst.«

Lauren war gerade erst von einer Ferienreise nach Schottland zurückgekehrt. Ihre Mutter wollte unbedingt die Orte sehen, von denen sie ihr ganzes Leben lang gehört hatte. Deshalb hatte sie ihren Mann dazu gebracht, ein paar Tage Urlaub zu nehmen, damit die Familie gemeinsam fahren konnte. Lauren hatte nicht viel von der Reise erzählt, nur dass es ihr gut gefallen hatte, aber seit ihrer Rückkehr war sie viel fröhlicher geworden.

»So? Das musst du mir erzählen«, verlangte Lauren und war plötzlich hellwach. »Erzähl mir, wie du Bailey getroffen hast.«

»Ich war mit meiner Mutter in der Stadt, mit dem Auto. Und auf der Rückfahrt sprach sie davon, dass sie bei Jean etwas abholen muss. Hab ich dir schon mal von Jean erzählt?«

»Nein.« Lauren dachte einen Augenblick nach. »Nein, ich glaub nicht. Wer ist das?«

»Sie ist eine Arbeitskollegin meiner Mutter und sie wohnt direkt neben den Baileys«, sagte Alex und berichtigte sich dann. »Also, früher haben die Baileys dort gewohnt. Deshalb wusste ich auch so genau, dass er nicht gestorben ist oder so.«

»Warum haben die anderen das geglaubt? Wieso haben sie diese Geschichten erfunden, dass er ein Gespenst wäre und so?«

»Wahrscheinlich deshalb, weil er nie mehr wiederkam. Nachdem das passiert war – du weißt schon, die Sache auf der Brücke –, hat ihn niemand aus der Schule je wiedergesehen. Jean hat gesagt, dass er monatelang nicht mal aus seinem Zimmer hervorkam. Er hatte einen Nervenzusammenbruch oder so was in der Art. Jean hat meiner Mutter davon erzählt, ganz ernst und im Flüsterton. Du weißt schon, so wie Erwachsene reden, wenn sie glauben, dass man nicht hinhört. Eine Zeit lang hat ihn seine Mutter zu Hause unterrichtet und dann sind sie nach Milton Keynes gezogen. Dort wohnen sie jetzt.«

»Und? Wie hast du ihn getroffen?«

»Also, wir kamen bei Jean an und sie sagte: ›Hallo, Alex, im Garten ist ein Freund von dir.‹ Ich hatte keinen blassen Schimmer, wen sie meinte. Deshalb wollte ich draußen nachsehen. Im Wohnzimmer ist eine Schiebetür, die führt auf eine Terrasse hinaus. Und dort saß er auf einem weißen Plastikstuhl und trank Cola.«

»Wie sah er aus?«

»Größer und dünner, vor allem das Gesicht war schmaler geworden. Er wirkte viel erwachsener. Und er war anders angezogen – Jeans, ein T-Shirt und Turnschuhe, so wie alle anderen auch. Aber seine Haare sind noch genau wie früher. Sie sind leuchtend rot und fallen ihm in dicken Strähnen in die Stirn. Daran hab ich ihn erkannt.« Daran und an dem Blick, mit dem er sie ansah, als er sie erkannt hatte. Ein verhaltener, müder Blick, in dem Erschöpfung lag. Aber davon wollte sie Lauren nichts erzählen und auch nicht von der Scham, die sie empfunden hatte, als ihr klar wurde, dass sie die Auslöserin dieser Reaktion war.

»Worüber habt ihr gesprochen?«

»Das Übliche, du weißt schon. Hauptsächlich über seine neue Schule. Dort gehen sie ein Jahr früher auf eine weiterführende Schule als bei uns und das gefällt ihm. Die Schule ist nicht so furchtbar groß und sie haben alle möglichen Computer und naturwissenschaftliche Räume und so Sachen. Das interessiert ihn alles sehr.«

»Hat er irgendwas gesagt – du weißt schon?«

»Nein. Einmal dachte ich, dass er darauf zu sprechen kommt ...«

Es hatte einen Augenblick gegeben, als die Erwachsenen in die Küche gegangen waren, um ihre Gläser nachzufüllen und den neuesten Klatsch auszutauschen. Da hatte es so ausgesehen, als wollte er etwas sagen. Sie hatten beide zum Sprechen angesetzt und waren gleichzeitig wieder verstummt. Er hatte ihr mit kerzengeradem Blick ins Gesicht gesehen. Und als sie seine Augen sah, mit diesem seltsamen Schieferblau, das in Lila überging, da verschwand mit einem Mal der ruhige Sommerabend in der Vorstadt um sie herum. Aus dem Vogelgezwitscher und dem entfernten Surren eines Rasenmähers wurden die rhythmischen Rufe boshafter Kinderstimmen und sie waren beide wieder auf der Brücke.

Sie hätte ihm gern gesagt, dass sie inzwischen dazugelernt hatte. Sie wollte sich entschuldigen, eine Erklärung abgeben, sich von einem Teil ihrer Schuld und Scham befreien. Wollte wenigstens im Nachhinein versuchen etwas von dem wiedergutzumachen, was ihm angetan worden war. Aber der Augenblick verstrich.

»Schließlich hat keiner von uns etwas gesagt«, führte sie ihren Bericht zu Ende. »Wir haben dann von irgendwas anderem gesprochen.«

»So ist es wahrscheinlich auch am besten«, sagte Lauren nach einer Pause. »Die sicherste Methode. Vielleicht sollte man das alles vergessen.«

»Ja, vielleicht«, pflichtete Alex ihr bei.

Lauren murmelte einen Gutenachtgruß und glitt in den Schlaf hinüber. Aber Alex starrte mit offenen Augen in die Dunkelheit. Irgendwo in der Ferne schlug eine Kirchturmuhr. Alex versuchte nicht mitzuzählen. Zwölf. Mitternacht. Die Geisterstunde.

Sie würde es nicht vergessen. Und er auch nicht. Keiner von denen, die an dem Spiel mit Michael Bailey beteiligt gewesen waren, würde es je vergessen können.

Jeden kann es treffen

Christine Knödler (Hrsg.)
Mit voller Wucht
Geschichten über Gewalt
208 Seiten
Taschenbuch
ISBN 978-3-551-35882-0

Jonas liegt vor ihm und wimmert nur noch. Doch das reicht Marek nicht. Immer wieder tritt er zu. Gegen den Kopf. In den Bauch. Jonas' Freunde stehen daneben, rühren sich nicht, tun nichts. Gar nichts. Schauen nur. Marek grinst. An seinen Schuhen das Blut von Jonas. Es stört ihn nicht. Jonas hat es verdient. Jonas hat alles kaputt gemacht. Marek tritt noch mal zu.

CARLSEN

www.carlsen.de

Wehr dich!

Elisabeth Zöller
Und wenn ich zurückhaue?
128 Seiten
Taschenbuch
ISBN 978-3-551-35389-4

Anfangs hat Krissi sich auf die neue Schule gefreut. Aber jetzt packt ihn jeden Morgen die Angst. Denn Tag für Tag lauern ihm Bossy, Henny und die Schlägerkids auf.
„Und wenn ich zurückhaue?“, denkt er sich, als sie ihn wieder einmal in die Mangel nehmen.
Aber er haut nicht zurück, er haut ab. Erst jetzt merken seine Mitschüler, dass an ihrer Schule etwas schief läuft – und zwar gewaltig ...

www.carlsen.de

CARLSEN